KB069288

집 보러 가실까요?

집 보러 가실깨요?

**'구인'하는 집과
'구집'하는 사람을 이어주는,
공인중개사**

양정아 지음

차례

2장. 누군가의 인생이 담긴 공간, 집

3장. 시작도 끝도 없는 파란만장한 순간들의 연속, 계약

4장. 집을 보면서 사람을 배웁니다

사연 있는 사람들과
사연 있는 공간들을 이어주는, 중개사

"아파트에서 확 뛰어내리고 싶어요!"

수화기 너머 여성 임차인의 목소리는 분노와 서러움이 잔뜩 배어있었다. 설 연휴를 보낸 다음 날 아침, 도청 '임대차 3법 상담센터'로 걸려온 첫 번째 전화였다. 나는 중개업을 하면서도 월 2회 도청을 통해, 주 1회 공인중개사협회를 통해 부동산 문제와 관련된 전화 상담을 맡고 있다. 굳이 상담 역할을 자처하는 이유는 도움이 필요한 사람들에게 조금이나마 손을 내어주고 싶기 때문이다. 모든 직업이 마찬가지일 테지만 중개업은 마음먹기에 따라 실질적인 도움을 줄 수 있다.

"재계약도 생각하고 있다고 해서, 당연히 5% 올리겠거
니 했더니 그렇게는 못 한대요! 원하는 대로 안 올려줄 거
면 이사 가래요. 그냥 들어와서 살겠대요!"

월세계약 만기일이 도래하자 임대인은 돌연 자신이 거
주하겠다며 계약갱신을 거절했다. 임대료를 시세대로 인
상하고 싶은데 개정된 법령 때문에 임차인에게는 5%밖에
올려받을 수 없게 되니 '실거주'라는 초강수를 쓴 것이다.
이미 주변 시세는 오를 대로 올라 쫓겨난 임차인이 갈 곳
은 없었다. 정부는 뛰어오르는 집값을 잡고, 전세·월세를
안정시키겠다고 이런저런 법을 만들었지만 현장의 분위기
는 그와 정반대로 흐르고 있었다.

2020년 7월, 임대차 3법이 시행된 후 시장은 그야말로
아수라장이었다. 정신을 차릴 수 없게 쏟아지는 대책을 두
고 수많은 임대인, 임차인이 갈팡질팡했다. 변호사도, 법
무사도, 관련 부처 공무원들도 바뀐 법령을 현장 상황에
맞게 풀어내지 못하자 결국 시·도청에서는 현장의 공인중
개사들로 구성된 임대차 상담센터를 만들었다.

"거리로 쫓겨나게 될까 봐 밤잠을 설치는데 하소연할 곳
도 없어요. 그러다 상담센터가 있다는 걸 알고 전화했어

요. 변호사님이시죠? 전 어떻게 해야 하나요?"

사람들은 법률적인 조언을 해주는 전문가는 으레 변호사 같은 법조인일 거라 생각한다. 하지만 중개현장을 잘 알고 관련 법 지식까지 체득한 '공인중개사'보다 상황을 더 잘 이해하고 실질적인 조언을 해줄 수 있는 적임자는 없다.

"명절 내내 머리 싸매고 끙끙 앓는데, 옥상에서 확 뛰어 내릴까 생각이 들더라고요. 어차피 그 보증금으로 어디 가지도 못하는데, 저 뛰어내리면 흉흉한 소문 돌면서 아파트 값이 떨어질 거고, 그러면 임대료도 내릴 거 아니에요."

살면서 어딘가에서 뛰어내리고 싶다는 말을 누군가에게 입 밖으로 내뱉는 사람은 얼마나 될까? '오죽했으면' 하고 수화기 너머 여성의 마음이 전해진다.

"극단적으로 생각 마시고 조금만 기다려 보세요. 임대인과 합의점을 도출하지 못해서 조정 절차를 밟더라도 지금보다는 원만한 해결책이 나올 거예요."

모든 법은 사람을 위해 만들어졌다. 사회 역시 사람 중심으로 흘러가기 마련이니, 시간이 지나면 해결 방안이 모습을 드러낸다. 나는 구체적인 대안 없이 그저 뻔한 이야기로나마 상담자를 토닥였다.

"알겠어요. 이제 좀 답답한 속이 풀리네요. 두서없이 하소연만 늘어놓았지만 좋은 말씀 덕분에 위로가 되네요. 또 답답한 일 생기면 전화해도 될까요?"

"얼마든지 전화하셔도 됩니다. 하지만 아파트에서 뛰어내리겠단 생각은 두 번 다시 하지 마세요."

사람이 살아가는 데 가장 기본이 되는 것을 의식주라고 한다. 그중에서 요즘 시대에 가장 중요한 것을 꼽으라고 하면 아마 열에 아홉은 '주'를 뽑지 않을까? 집값은 이미 오래전부터 의류비나 식비와는 비교할 수가 없게 됐다. 또한 부동산 시장은 변수가 많고 부침이 심하다. 정권이 바뀔 때마다 집값은 가파르게 상승하기도 하고, 갑작스레 곤두박질치기도 한다. 개인이 홀로 감당할 수 있는 영역이 아니다.

그러다 보니 언제부터인가 집은 그 사람의 신분을 파악할 수 있는 주요수단이 되었다. 어느 동네, 어느 아파트에 집을 몇 채나 가지고 있는지가 그 사람을 평가하는 척도인 것이다. 해박한 지식과 훌륭한 소양을 지닌 사람보다도 부동산이나 주식, 코인 등으로 재산을 증식한 사람이 더 주목받는다.

아무리 급상승한 집값이 부의 원천이 되는 시대라고 하지만, 누군가가 때로 평안하게, 때로 고달프게 하루하루를 살아가는 공간인 집의 기능은 현재에도 변함이 없다. 돈벌이 이전에 그곳엔 인생이 담겨있다. 사람 몸 하나 하나가 우주라는 말이 있는데, 그 우주 같은 인생이 살아 움트는 공간이 바로 집이다. 투기는 언감생심, 인연과 인연을 중매하듯 사연 있는 사람들과 사연 있는 공간들을 이어주는 재미에 흠뻑 빠져 20년 가까이 '중개업'을 하고 있는 나에게 집은 여전히 희로애락이 담긴 '인생'이다.

  사실 나는 아침잠이 많고, 굼뜨고 게으르다. 그래도 전화 상담이 있는 날은 이른 아침 서둘러 나와 한 시간을 차로 달려 도청으로 향한다. 어려운 계약을 체결했을 때 온몸을 짜릿하게 관통하는 성취감을 느끼지만, 상심한 누군가의 고민을 상담으로 잘 풀어냈을 때의 만족감 또한 그에 못지않다. 그래서 나는 "힘들다, 바쁘다" 푸념하면서도 상담사를 그만두지 못한다. 그 덕에 평범한 중개사는 쉽게 겪지 못할 기상천외하고 엉뚱한 사건들을 접할 수 있었고, 이 책 속에 무수한 인생들을 풍성하게 담아낼 수 있었다.

  이 책에는 고지식한 중개사의 눈으로 바라본 집과 사람들의 이야기가 담겨있다. 집이 몇 평이고, 시세가 얼마이고, 주변 학군이나 상권 등 입지조건뿐만 아니라 이 집에 살고 싶어 하는 사람들이 누구이며 어떠한 삶을 살아왔는지 그리고 그들이 앞으로 어떤 일상을 살고 싶은지를 눈여겨보니 내가 사는 이 세계에 중개보수료보다 더 묵직하고 은근한 무엇이 있다는 걸 어렴풋이 느끼게 되었다. 물론 내가 이어준 집과 사람의 인연이 늘 해피엔딩은 아니었다. 뜻밖의 문제가 발생해서 억울한 상황에 처하기도 했고, 때론 분노하고 회의에 빠지기도 했다. 하지만 그 모든 희로애락의 밤을 겪고 아침을 맞으면 언제 그랬냐는 듯이 사람에 대한 애정과 누군가의 삶을 응원해 주고 싶은 충동으로 재부팅됐다.

집과 사람을 이어주며 맛보게 된 쓰고, 달고, 맵고, 짜고, 때로 뱉고 싶었던 모진 애정을 하나둘 구체적인 에피소드로 풀어내 보았다.

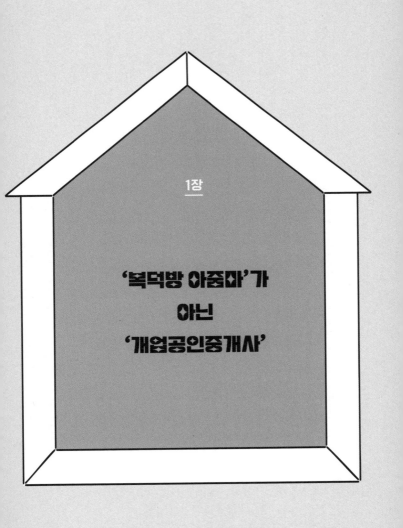

1장

'복덕방 아줌마'가
아닌
'개업공인중개사'

나의 가장 나종 지닌 직업

인생은 긴 것 같으면서 짧고, 짧은 것 같으면서도 길다. 중국 시인 도연명의 말처럼 젊은 시절은 두 번 오지 않고, 하루의 새벽도 두 번 오지 않는다. 돌이킬 수도, 돌아갈 수도 없다. 그럼에도 나에겐 한 번씩 한여름 밤의 꿈처럼 되살아나는 장면이 있다. 그날 다른 선택을 했으면 나는 지금 어떻게 살고 있을까?

오래전 여름, 만삭의 배를 움켜잡고 계단을 오르내리며 출산 준비 운동을 하고 있는데 전화가 왔다.

"요즘 뭐 해? 프로그램 하나 같이 하자. 한번 나와요."

결혼하고 나니 결혼 전 내가 무슨 일을 했고 얼마나 잘 했는지는 중요하지 않았다. 잡지사 기자, 방송국 작가, 문화센터 논술강사 등은 과거의 이력일 뿐이었다. 출산을 2주 앞둔 시점에 함께 일했던 방송국 PD에게서 프로그램을 같이하자는 제의가 몇 번 왔지만 거절했다. 프리랜서에게 임신과 출산은 '단절'을 의미했다.

그러나 막상 전업주부로 살면서 육아에 전념하다 보니 자존감도 떨어지는 데다, 대학 졸업 후 항상 수입이 있었던 나는 돈을 벌고 있지 않다는 사실에 적응하지 못했다. 남편 돈을 남의 돈 빌려 쓰듯 하면서 어색한 딜레마에 빠져있던 어느 날, 식탁 밑에 놓여있던 공인중개사 수험서를 꺼내 들었다. 남편이 공부하겠다고 사다 놓고 거들떠 보지도 않던 것이다. 딱히 중개업을 하겠다는 계획은 없었지만, 출산과 육아 때문에 스스로 '경단녀'를 자처한 내가 딜레마에서 탈출할 수 있는 현실적인 대안이었다.

네 살 된 둘째 아이에게 엄마는 이제 공부 좀 해야겠다고 설명하고 비디오를 틀어주었다. 아이가 끄덕끄덕 하고 비디오를 보는 옆에서 시험공부를 시작했다. 불과 두 달 뒤가 시험이었다. 총 여섯 개 과목 중 책 한 권을 읽고 나니 한 달이 갔다. 남은 한 달은 2차 시험을 포기하고 1차 시험 두 과목

만 준비했다. 그리고 합격했다. 법이 많이 바뀌었다기에 2차 과목 책을 다시 사서 독학하여 1년 후 자격증을 취득했다.

자격증이 나온 날, 나는 자격증을 쳐다보며 잠시 고민했다. 이제 공인중개사가 되어야 하나…… 남은 인생은 공인중개사로 살아야 하나……. 일단 시험이나 보자 했던 건데, 막상 자격증을 취득하고 나니 '제대로 한번 해볼까?' 하는 생각이 들었다. 다음 날 집 근처 중개사무소에 찾아가서 일을 하고 싶다고 했다. 이미 돌아갈 곳은 없었다.

자격증을 취득하기 전에 내가 만나본 공인중개사는 딱 두 사람이었다. 살던 집을 내놓을 때 본 60대 후반 남성 중개사. 그리고 당시 살던 집을 구해준 50대 초반 여성 중개사. 단순 거래만 했기 때문인지 그저 집을 소개해 주는 거간꾼처럼 느껴졌다. 그때는 당연히 공인중개사의 책임 범위나 확인설명 의무가 이렇게 폭넓은 줄은 몰랐다. 중개 보수를 줄 때 깜짝 놀랐다. 집 한 번 보여주고 이렇게나 많이 받는구나……. 와, 할 만하겠는데!

중개사로서 나의 롤 모델이 돼준 이는 자격증을 따자마자 취업한 동네 중개사무소의 대표 공인중개사였다. 깔끔한 외모에 커리어가 느껴지는 투피스 정장, 똑 부러진 발음에 중개업 전문지식도 풍부했다.

젊은 여성이 차분한 어투로 법률상식을 곁들이며 의뢰인에게 무한 신뢰를 안겨줬다. 계약 한 건 한 건에 연연하지 않았다. 어떻게든 밀어붙여 계약을 성사시키려는 마음보다는 충분히 설명해 주고 상대방이 스스로 결정할 때까지 기다렸다.

누구든 새로운 일을 시작하게 되면 처음 만난 사수의 업무 스타일을 그대로 익히게 된다. 욕하면서도 배우고, 감탄하면서도 배운다. 그래서인지 같은 사무소에서 근무하는 사람들의 분위기나 스타일은 대동소이하다. 일은 어떤 사람에게 어떻게 배웠느냐에 따라 확연히 차이가 난다.

중개업은 경험이 곧 실력이다. 나는 자격증을 취득하고 일을 시작하려는 이들에게, 무조건 개업부터 하지 말고 경력이 오래된 중개사무소에 가서 충분히 경험을 쌓고 시작할 것을 권하는 편이다. 중개업은 유형이 다양하고 돌발사고가 많기 때문에 덜컥 일을 벌이기보다는, 조금 늦게 자기 사업을 시작하더라도 확실한 실전 경험을 쌓는 것이 무엇보다 중요하다.

나 역시도 함께 일한 중개사의 업무 스타일을 그대로 배웠다. 그분은 '동네 복덕방'에 대해 막연히 생각했던 나의 선입견을 여러 단계로 업그레이드 시켜주었다. 덕분에 중개업에 매력을 느끼게 됐고 자격증을 딸 때보다 더 열심히 공부했다. 손님들이 궁금해하는 것을 법 조항과 판례를 들어 확신에 찬 어투로 논리적으로 설명해 주는 유능한 중개사가 되고 싶었다.

중개는 그냥 단순히 '중개'가 아니다. 의뢰인들의 머리와 마음속에 담겨있던 계획과 기대를 현실로 가능하게 하는 활동이다. 기대치를 낮추게 했든, 금전적 부담을 확대하게 했든 그 어려운 '결정'을 가능하게 해주는 것이 중개사의 역할이다. 그 과정에서 법률적 조언과 안전장치 마련 등 중개사의 개별 능력에 따라 많은 것을 서비스할 수 있다. 복합적인 과정을 거쳐 계약이 성사되면 성취감이 꿈틀꿈틀 온몸으로 퍼져나갔다.

이렇게 멋진 직업이 있다니! 말 그대로 꿀맛이었다. 너무 재미있어서 출근이 기다려졌고 일에 열중하느라 퇴근 시간도 훌쩍 넘겼다. 휴일엔 쉬라고 해도 대표님 몰래 출근해서 중개사무소를 지켰다. 사무소 수입과 월급은 상관이 없었지만, 그 많은 매물 중 마음에 꼭 드는 물건을 찾아 계약서에 도장을 찍기까지의 다양한 과정이 너무 흥미로웠다. 생각지도 못한 요구와 천차만별의 조건을 가진 백인 백색의 의뢰인들에게 그들이 원하는 계약을 체결해 준다는 사실이 너무 매력적이었다.

공인중개사법뿐만 아니라 민법, 세법 등 각종 법률상식을 고루 익혀서 상황에 맞게 해법을 찾아주었다. 퇴근해서 자려고 눈을 감으면 그날 브리핑했던 내용들이 지쳐 잠들 때까지 무한 재생됐다. 그렇게 2년을 일하고 나니 주변에서 유혹을 시작했다.

"일을 혼자 다 하면서 겨우 그 월급 받아? 이제 독립하지 그래."

"당신 보고 오는 사람들이 대부분인데, 사장이 월급 안 올려줘? 당신 바보야? 월급 올려달라 해."

"신도시 분양하는 데 부동산 자리 많이 났더라. 아유, 그 실력에 왜 남 밑에서 일해."

초심이라는 게 진짜 있는 걸까? 처음엔 그저 일을 하고 싶었을 뿐이고, 날 새는 줄 모를 만큼 꿀맛이 느껴지는 일을 하면서 월급까지 받고 있다는 사실에 나는 충분히 만족했다. 그런데 이런저런 소리를 듣는 횟수가 늘어나니 머릿속에 바람구멍이 뚫리기 시작했다.

결국 독립을 해야겠다고 선언했더니 대표님은 깜짝 놀라

며 만류했다. 이렇게 내 일처럼 열심히 해주는 사람이 처음이었고 덕분에 최근 몇 년간 가장 수입이 많았다고, 월급을 인상해 줄 테니 계속 일을 해달라고 며칠 동안 설득했다. 하지만 한 번 독립을 꿈꾸고 나니 마음이 쉽게 바뀌지 않았다. 그러자 대표님이 파격적인 제안을 했다. 한동안만 더 맡아서 해주면 사무소를 통째로 넘겨주겠다는 것이었다.

"다른 사람한테 넘긴다면 권리금 두둑하게 받을 수 있겠지만 이 사무소는 딱 당신이 해야 해. 이렇게 잘 관리해 왔는데 누가 이보다 더 잘할 수 있겠어."

자격증을 취득한 지 3년 만에 대표 공인중개사가 되었다. 중개사무소를 막 인수하고 꿈에 부풀어 시간 가는 줄 모를 무렵, 유력 일간지 편집국장으로 재직 중인 형부에게서 연락이 왔다. 국내에서 손꼽히는 대기업 홍보실에서 사보 편집장을 특채한다며 연봉도 높고 내 커리어도 괜찮으니 당장 지원해 보라고 했다. 형부는 그 기업의 홍보실에 예전에 내가 썼던 기사나 글을 보내주었더니 관심을 가지고 궁금해한다며 이력서와 간단한 자기소개서만 써 보내면 된다고 했다.

대기업 홍보실 사보 편집장은 당시 두 아이를 둔 여성에겐 꿈의 직장이라 할 수 있는 자리였다. 살면서 나에게도 이런 뜻하지 않은 기회가 오는구나 신기해하며 꿈에 부풀어 이력서에 담을 사진을 찍고 자기소개서 초안을 작성했다. 하지만 이틀째부터 다시 딜레마에 빠졌다.

3개월 후 둘째 아이가 초등학교 입학을 앞둔 시점이었다. 둘째는 말도 느리고 몸도 허약했다. 아이가 배 속에 있을 때 문화센터 강의를 나갔고, 남편의 실직과 이직을 불안함 속에서 지켜보았다. 아이를 출산할 시점에는 시누이 보증 채무까지 겹쳐서 가정 경제가 최악이었다. 여느 아이들처럼 걸음마를 할 때까지 품에 안고 있을 여유도 없어서, 어린이집 골방에서 혼자 우유병을 빨다 잠든 아이를 죄짓는 기분으로 바라볼 수밖에 없었다.

내가 예전 경력을 살려 방송사나 잡지사 문을 두드리지 않고 가까운 거리에서 자유롭게 일할 수 있는 공인중개사 자격증을 취득한 것도, 아이들에게 엄마 손길이 필요할 때는 언제든지 달려가고 싶었기 때문이다. 멍든 손가락 같은 둘째가 초등학교 입학을 목전에 둔 상황에 출퇴근만 왕복 세 시간이 걸리는 직장을 다니게 되면, 사보 편집장으로서의 인생은 빛이 나겠지만 아이들에 대한 부채감은 평생 안고 살아야 할 터였다. 글을 쓰고 책을 만들려면 어느 만큼의 정성과 노력이 들어가는지 잘 알고 있기에, 일을 시작하게 되면 야근은 물론 휴일도 반납하는 일이 자주 벌어질 것이 걱정이었다.

망설이고 있는 내 모습을 보고 시어머님이 합가를 하자고 하셨다. 연로하신 시부모님께 아이들을 맡기고 출근하는 것이 과연 올바른 선택일지 마음속에서 회의가 들었다. 게다가 사무소를 인수하고 앞으로의 계획까지 세워둔 시점에서 정리를 한다는 것 또한 아쉬웠다. 고민할 필요 없이 감사해하며 받아들여야 할 대기업의 사보 편집장 자리에 차츰 회의가 들었다.

결국 남편의 만류에도, 형부의 어이없어 하던 반응에도 불구하고 나는 사보 편집장 자리를 포기했다. 황당해하던 형부의 모습이 지금도 생생하게 떠오른다.

"하…… 처제…… 제정신이야? 대기업 본사라고! 이렇게 좋은 기회를 변두리 동네 부동산이랑 바꿀 거야? 진짜 우리 처제 맞아? 결혼하더니 이렇게 달라지는구나……."

결혼하면 달라지는 것이 아니라, 결혼의 무게가 나를 변하게 한 것이다. 결혼했다고 해서 직업에 대한 꿈을 접고 싶은 여자는 없다. 성장하면서 나는 여성에게 주어진 역할을 벗어나 당당하게 삶을 개척해 나가는 여자들의 모습을 동경하기도 했다. 하지만 육아 문제에서만큼은 자유로울 수가 없었다. 한창 손이 가는 아이와 엄마로서 유대감을 쌓아나가야 하는 일은 내 인생에서 직업적 성취보다 더 소중한 일이었다.

　나는 이러한 선택을 언젠가 후회할 수도 있다는 걸 너무나 잘 알고 있었다. 첫째 아이를 출산하기 2주 전 방송사 PD의 제안을 거절한 후에, 머릿속으로 전화 통화했던 걸 되돌리며 얼마나 자학했는지 모른다. 그런데 둘째 아이의 초등학교 입학과 중개사무소를 인수하는 시점에 찾아온, 인생을 뒤바꿀 수도 있는 제안을 나는 또 거절했다.
　좀 더 일찍, 중개사로 일하기 전에, 아니 사무소를 인수하기 전에 제안을 받았다면 나는 과연 어떤 결정을 내렸을까? 사무소를 인수한 후 정신없는 하루하루를 보내면서도 문득 덧없는 물음들이 쏟아져 내렸다. 방송작가도, 대기업 사보 편집장도 포기하고 동네 공인중개사를 선택한 일이 과연 옳은 일인지 나는 스스로에게 끊임없이 물었다. 시간이 흐를수록 그 물음은 점점 옅어졌다. 그 후로 20년이 흐르는 동안 나는 그 선택을 한 번도 후회한 적이 없다.

'집'이라 쓰고 '인생'이라 읽는 까닭

비가 오면
중개사의
마음도 샌다

2020년 여름철 장마는 이례적이었다. 무던히도 비가 쏟아
졌다. 중부지방은 6월 24일 장마가 시작되어 8월 16일에
끝이 났다. 무려 54일이 우기였던 셈인데, 1973년 이후
가장 많은 강수량을 기록했다.

두 달 가까이 주구장창 비가 쏟아지니 멀쩡한 건물이 없
었다. 아무리 단단한 벽돌도 장시간 물속에 담가두면 습기
가 속속들이 스며들 듯이 콘크리트 외벽도 마찬가지였다.
쉴 새 없이 쏟아지던 비가 건물 외벽을 타고 흐르다 못해
콘크리트 틈새를 뚫고 터져 나왔다. 바야흐로 누수와의 전
쟁이 시작되었다.

1994년에 옆집과 나란히 건축된 쌍둥이 주택이 있다. 옆집은 1년 전에 누군가가 사서 멋지게 리모델링을 했고, 또 다른 집은 2020년 6월 말에 매매계약이 되었다. 1994년 당시 건축되었을 때에는 예쁜 전원주택으로 매스컴에도 주목받을 만큼 관심을 받았다. 하지만 사람이 나이를 먹으면 늙고 쇠해지듯 연식이 오래된 건물도 마찬가지였다. 외모든 정신이든 신경 쓰는 만큼 유지되듯 집도, 마당도 공간에 온기를 불어넣고 돌봐야 가치가 드러난다. 하지만 그 집은 가족사의 굴곡을 거치면서 구성원들이 하나둘 떠나고 누구 하나 신경 써서 관리하는 이가 없었다. 집 안은 물론 마당까지 시간이 갈수록 폐허처럼 변해갔다.

그러다 보니 원래 의뢰한 가격에서 다소 절충되어 계약이 체결되었고, 계약서에도 리모델링 및 하자보수 비용이 절충된 점을 기재했다. 중개 물건의 입지와 내외부 상태를 기재하게 되어 있는 '중개대상물 확인설명서'에도 리모델링 및 수선을 요한다는 내용을 칸칸마다 적었다.

계약 이전에도 쭉쭉 내리던 비는 계약 이후에도 변함없이 내렸다. 하긴 사람들이 집을 계약하든 말든 하늘이 신경을 쓸 리가 없었다. 하지만 30년 가까이 되어 여기저기 하자가 많았던 건물은 날씨와 상관없이 계약을 진행한 우

리와 입장이 달랐다. 긴 장마를 이기지 못하고 결국 '항복'
을 선언했다.

그 집은 황혼이혼을 한 매도인 부부가 오래된 세간들을
그대로 두고 각자 다른 곳으로 몸만 빠져나간 상태였다.
집은 거짓말을 못 한다. 가족들이 함께 알콩달콩 살아온
집은 여기저기 행복이 묻어난다. 반면 오랫동안 가족 사이
에 불협화음이 일어난 집 역시 그 불편한 분위기가 고스란
히 배어있기 마련이다. 오랫동안 쓰던 살림살이들과 가족
사진 액자가 아무렇게나 내팽개쳐져 있는 모습은 이 가정
에 얽힌 사연을 모르는 이가 봐도 을씨년스럽게 느껴질 만
했다. 넓은 마당에 마음대로 뒤엉킨 나뭇가지들과 우후죽
순 솟아난 잡초들은 긴 장마에 때를 만난 듯 우거졌다. 문
제는 잔금을 치르기 일주일 전까지 내부의 짐을 깨끗이 치
워주기로 한 약속을 매도인이 지키지 못하면서 벌어졌다.

그놈의 비가 문제였다. 매도인은 짐을 다 못 뺐다고, 잔
금을 일주일 뒤에 치를 수 없냐고 양해를 구했고 매수인은
흔쾌히 수락했다. 지금 돌이켜 보면 차라리 예정대로 잔금
을 치렀으면 아무 문제가 없었을지도 모른다. 매수인은 잔
금 지급을 미뤄주고 차분히 생각해 보니 이 집이 별로 내

키지 않았다. 전원주택에 살고 싶다는 아내의 바람을 이뤄 주기 위해 계약을 하긴 했는데, 정부의 새로운 부동산 대책으로 취득세율이니 양도세니 세금이 복잡해졌고, 인테리어 업자에게 의뢰해서 내부 리모델링에 필요한 견적을 뽑아 달라고 했더니 집 안 여기저기 물이 줄줄 흐르고 곰팡이 천지라는 이야기를 전했다. 내부 공사를 하기 전에 곰팡이를 제거하고 냄새 없애고 방수부터 해야 하고……
매수인은 그만 이 집이 싫어졌다.

잔금을 치르기 하루 전날, 나는 뜻밖의 전화를 받았다. 매수인은 "물이 새는 거며 곰팡이며 내부에 하자가 너무 심하네요. 이 계약 도저히 할 수 없습니다!"며 해제 의사를 밝혔다.

"누수 및 하자가 많은 건 계약할 때부터 서로 알고 있지 않았나요? 그래서 매도인 분에게 이야기해서 금액 절충도 됐고요."

"이건 단순한 누수가 아니에요. 세면대나 타일에서 물이 조금 비치는 거면 받아들이겠는데, 아예 벽을 타고 죽죽 쏟아진다니까요!"

마음이 떠난 매수인은 '누수'에 대한 새로운 정의를 내리며 강한 어조로 말했다. 매도인에게 이 상황을 전달하니

"다 알고 계약한 거 아니었어요?" 하며 황당해했다. 중도금까지 입금되고 잔금 지급을 하루 앞둔 상태인데 쉽게 수긍할 사람은 아무도 없다.

분쟁이 시작되면 중개사는 바짝 긴장하게 된다. 요구사항이나 불만이 생긴 의뢰인들은 본인의 주장이 상대방에게 관철되지 않으면 중개사를 상대로 꼬투리를 찾아내려고 한다. "털어서 먼지 안 나는 사람 없다"는 속담이 여기에 통용될 말은 아닌데, 공인중개사법에서 규정한 중개사들의 의무가 방대하다 보니 코에 걸면 코걸이, 귀에 걸면 귀걸이가 되기도 한다. 또한 3페이지로 구성된 중개대상물 확인설명서에는 칸칸이 설명할 내용이 너무나 많다. 혹시라도 방심해서 제대로 기재하지 않으면 500만 원 이하의 과태료 처분을 받는데, 이를 악용하는 의뢰인들도 제법된다.

공인중개사의 책임은 거의 무한대에 가깝다. 예를 들면 중개 업무를 할 때 모든 것을 공적장부(등기부등본, 건축물대장, 토지대장 등) 중심으로 하라고 법으로 명시되어 있지만, 관공서에서 미처 발견하지 못한 장부에는 위반 건축물로 등재되지 않은 경우도 있다. 이럴 경우 현장에서 육안으로 보기에 불법 증축된 부분이 있으면 중개사는 그 내용을 중개대상물 확인설명서에 기재해야 한다. 만약 이로 인해 분쟁이 생겼을 경우 중개사도 손해배상 책임에서 자유로울 수 없기 때문이다.

그런데 이렇게 책임을 묻는 것이 과연 정당할까? 중개사도 꼼꼼하게 건물 내외부를 살펴보고 우려가 되는 부분은 매도인과 관련 전문가를 통해 확인하지만, 무엇이 불법이고 어디에 문제가 있다는 걸 밝혀내는 데는 한계가 있을 수밖에 없다.

한번은 이런 일도 있었다. 아파트 매매계약이었는데, 하자 수리비조로 매매대금을 감액해 준 후 '매도인에게 하자에 대한 책임을 묻지 않는다'는 특약을 계약서에 넣은 적이 있다. 일명 '매도인 하자담보 책임 배제특약'으로, 이런 특약을 넣으면 민법 제580조에 명시돼 있는 '매도인의 하자담보 책임'을 배제할 수 있다.

그러나 잔금 치른 날, 매수인이 저녁에 도배를 하려고 도배지를 뜯었다가 벽면 안쪽에 곰팡이를 발견했다. 매수인은 하자를 문제 삼지 않는 조건으로 매매대금을 감액 받았으니 당연히 매도인한테는 말을 꺼낼 수 없었다. 그래서 애먼 공인중개사에게 누수 수리비를 내놓으라고 했다. 수리비를 내놓지 않으면 누수가 있다는 것을 계약 시에 확인·설명해 주지 않은 책임을 물어 관공서에 민원을 넣겠다는 협박이었다.

억울하고 황당했지만, 한편으론 과태료 처분을 받지 않을까 염려되어 200만 원 남짓한 수리비를 부담할까 고민했다. 하지만 나는 정공법을 선택했다. 계약할 때 도배지에 가려져 보이지 않은 벽면 곰팡이를 중개사가 어떻게 알겠는가. 혹시 누수가 있는지 살펴보려고 집 보러 갈 때마다 남의 집 벽면을 찢고 장판을 걷어낼 수는 없다. 생각지도 않은 곰팡이와 누수를 발견하면 당황스럽고 속상하겠지만, 매매대금을 감액 받고 하자를 스스로 해결하기로 협의한 상태에서 중개사를 협박해서 수리비를 뜯어내려는 행동은 부당행위였다(매도인 하자 담보책임 배제특약에 협의했다 하더라도 '매도인이 알고도 고지하지 않은 하자인 경우'에는 매도인에게 하자 담보 책임을 물을 수 있다).

매수인의 민원을 접수한 구청에서는 확인·설명 미비로 중개사에게 과태료 처분이 내려질 수 있다는 답변을 보냈다. 민원이라는 게 그렇다. 일방의 이야기만 듣다 보면 사건의 핵심이나 고의성을 감지하지 못하고 원론적인 답변을 하기도 한다. 나는 잘못한 게 없으니 당당히 대응하기로 하고, 사건 정황과 관련 자료를 첨부한 소명서를 제출했다. 결국 중개사의 잘못이나 책임이 없으니, 매수인은 매도인과 잘 해결하라는 결론이 나왔다.

행복한 전원생활을 꿈꿨다가 계약을 무르고 싶은 마음이 든 매수인 역시 계약서에 허점이 없는지 꼼꼼하게 살펴본 눈치였다. 그러나 중개사에게 문제가 없다는 것을 확인한 후에는 이 계약을 해제할 수 있게 도와달라고 솔직하게 말했다. 그날 밤, 나는 집 내부 상태를 설명하고 매수인의 마음을 담아 매도인을 설득했다. 매도인은 곰팡이를 제거하는 비용으로 300만 원을 보조해 주겠다고 했다. 매수인에게 전달했더니 "나는 이 계약을 해제하고 싶은 거지, 몇백만 원 깎으려고 이러는 게 아니에요!"라고 답했다.

나는 최종적으로 선언했다. 계약금만 지급한 상태라면 계약금을 포기하고 계약을 해제할 수 있다. 하지만 중도금이 지급됐으니 이행기에 들어간 거고, 쌍방 합의가 되지 않은 한 일방적 계약해제는 불가능하다. 그렇게 되면 매수인은 소송을 해야 한다. 그런데 계약서나 중개대상물 확인설명서에 리모델링 및 하자 보수비용으로 감액된 부분이 기재돼 있고, 모든 부분에 수선이 필요하다고 되어 있으니 원하는 결과를 내기 힘들 것이다. 아마 소송으로 가도 내부에 곰팡이가 생긴 것에 대한 손해배상 정도가 되지 않을까 싶다. 여기까지 설명하고 골치 아프게 소송까지 하느니 금액을 절충하는 게 현명하지 않겠냐고 설득했다.

하루 지나서 매수인이 500만 원을 감액해 주면 잔금을 이행하겠다고 연락이 왔다. 매도인은 하루를 고민하더니 이 제안을 수락했다. 다행스럽게도 두 사람은 하루씩만 시간을 주면 결정을 내렸다. 같은 사건이라도 사람에 따라 진행 속도와 결과가 달라진다. 내 주변에는 유사한 사건으로 결국 소송까지 가고, 공인중개사도 휘말려서 몇 년을 끌려가는 사례가 허다하다. 모든 계약은 갖은 변수와 사고에 노출되어 있는데, 분쟁이 시작되고 해결되는 유형은 소설처럼 다양하다.

계약하면서 계약과 관련된 모든 법 조항을 다 기재하지는 않는다. 모두 적는다면 매 계약 때마다 책 한 권 분량을 써내도 모자랄 것이다. 공인중개사법, 민법, 세법, 공법 등의 내용을 일일이 다 적지 않아도 당연히 유효하다. 그러나 정확한 법 조항과 그 의미를 알지 못한 채 관행이나 본인의 단편적 상식으로 밀어붙이는 의뢰인들을 만나면 호흡부터 가다듬는다. 답 없는 미로에 빠지기 전 마음을 다잡는 기분이랄까? 아무리 합의를 했더라도 돌변해서 나 몰라라 하면 중개사도 더 이상은 방법이 없다. 결국 소송으로 가야 한다.

중개업을 하는 기간이 늘어날수록 매도인, 매수인의 입장이 되어볼 여유도 생긴다. 지난날 언제 어디선가 내가 옳다고, 내 말이 맞다고 목소리를 높였던 때를 떠올리고, 누군가는 지금의 나처럼 힘들었겠구나 하는 반성을 하게 된다. 집과 집, 사람과 사람을 이어주다 보면 크고 작은 분쟁들도 필연적으로 중개하게 된다. 같은 상황이라도 받아들이고 생각하기에 따라 갈등의 양상이 달라진다. 돈이든 감정이든 인연을 맺는 과정에서는 긍정적인 합의가 필요하다.

생각해 보면 세상 살아가는 방식도 이와 다를 것이 없다. 타인뿐 아니라 나 자신도 마찬가지다. 내 마음속에 무엇인가를 선택하려는 충동이 있으면 그 충동을 잠시 내려놓고 차분히 생각해 보라고 다독이는 이성도 있다. 충동과 이성 사이에서 원만한 합의를 이끌어 내고, 그 결정에 후회하지 않도록 다독이는 것 역시 내 책임이다.

평생 내릴 것 같던 비도 그쳤다. 빗물이 고랑을 내며 하염없이 흐르던 땅도 다시 버석버석해졌다. 누수와 곰팡이로 골치 아프게 했던 건물은 몇 주 동안 쿵쾅쿵쾅 해대더니 그림 같은 전원주택으로 거듭났다.

"우리 집, 얼마나 예쁜지 아세요? 중개사님 꼭 한번 구경 오세요."

어떻게든 계약을 해제하려고 하던 매수인은 행복한 표정을 지으며 말을 건넸다.

그동안 저 집은 너무 흉물스럽다며, 과연 누가 살지 모르겠다며, 수리비용만 해도 엄청나겠다며 고개를 흔들던 사람들은 새롭게 태어난 집을 보고 부러워했다. 개중에는 "그만한 집 없었는데 아깝네요……. 중개사님, 그런 물건 또 없나요?"라며 묻는 이들도 있었다.

언제나 놓친 떡이 더 커 보이고 아쉽다. 선택할 기회가 있을 땐 망설여지지만, 누군가 선택하고 나면 왠지 아쉽고 좋아 보이는 마음이 드는 건 인지상정이다. 모든 중개 건마다 기승전결이 바리바리 얽혀있지만, 그들이 만족해하며 살아가는 모습을 보면 자식들 출가시킨 부모가 된 듯 뿌듯해지기도 한다.

집은 누군가의 인생이고, 중개는 나의 인생이다.

억울한 중개보수료

사무소에 출근해서 앉자마자 기다렸다는 듯이 음료수 상
자를 든 중년 여성이 고개를 비쭉 들이밀었다.

"안녕하세요? 혹시 얘기 들으셨는지 모르겠네요. 남편
이 여기로 가서 집을 알아보라고……."

순간, 남편이 며칠 전에 했던 말이 떠올랐다. 회사 동료
이자 술친구가 집을 알아봐야 한다기에, 우리 사무소로 찾
아가라고 했다고 한다. 바쁜 업무가 있었지만, 남편의 지
인이라 신경을 쓰지 않을 수 없었다. 시간을 맞춰 이 집 저
집 보여주고 있는데, 핸드폰의 알림음이 울려 확인해 보니
'그 집 형수님이 집을 살 거래. 잘 해드려' 하는 남편의 메

시지가 화면에 떴다.

그날 밤 남편이 말했다.

"그 형수님한텐 중개료 받지 마."

"뭐? 아니, 왜?"

뜻밖의 말에 남편과 동료 사이에 내가 알지 못할 사연이 있나 싶었다.

"다른 사람도 아니고, 그 집에 어떻게 수수료를 받아."

"내가 받는 거지, 당신이 받는 거야?"

"안 돼, 암튼 받지 마."

고작 집 한 번 보여주고 수수료 명목으로 수십만 원에서 수백만 원을 뜯어간다고 공인중개사를 못마땅하게 여기는 사람들이 있다. 공인중개사의 업무를 평가 절하하는 사람들을 보면 온몸에 기운이 쫙 빠진다. 그런데 곁에서 내가 어떻게 일하는지 지켜봐 왔던 남편마저 '이런 일은 아는 사람한텐 그냥 해줘도 된다'는 인식이 박혀있다니, 나도 모르게 한숨이 흘러나왔다.

그 일이 있고 몇 달 후, 변호사들이 중개업 영역까지 진출하겠다는, 이른바 '공승배 트러스트 사건'이 발생했다. 변호사들이야 원래 하던 변호 업무 외에 중개 시장까지 진출하겠다는 일석이조의 욕심을 부리는 것이지만, 중개사들 입장에서는 변호사가 공인중개사법에서 금지하고 있는 무등록 중개를 하며 생존권을 위협해 오는 불합리한 사건이었다. 결국 법적 분쟁이 이어졌다. 국민참여재판이 열리게 되었고, 나는 국민참여재판을 준비하는 공인중개사 대책위원회에 포함되어 준비를 하게 되었다.

당시 아들이 고등학교 기숙사에서 지내고 있어서 매주 주말이면 아들을 데리러 학교에 가고, 월요일 아침 일찍 학교에 바래다주는 일을 반복하고 있었다. 재판이 있는 날이 월요일이라 아들에게 사정을 설명하고, 이번 주에는 일요일 저녁에 기숙사로 돌아가라는 말을 했다. 옆에서 내 말을 듣고 있던 남편이 한마디 했다.

"그거 집단 이기주의 아니야?"

생각지도 못한 반응이었다. 남편은 냉정하게 말을 이었다.

"변호사들은 법을 잘 아는 전문가들이니까 중개업도 할 수 있는 거고, 일반 시민들 입장에서도 수수료까지 내려간다고 하니 나쁠 게 전혀 없잖아. 물론 중개사들 입장에선 자기들 밥그릇 침범한다는 생각이 들긴 하겠지. 그래도 소송까지 한 건 오버다."

남편은 샐러리맨이지만, 공인중개사 자격증을 가지고 있는 장롱면허 소지자였다. 나는 그래도 남편이 나름 개념 있는 사고를 지닌 사람이라고 믿었다. 그런데 변호사의 중개업 진출을 이런 식으로 받아들이다니. 순간 몇 달 전 "그 집 형수님한테 중개료는 받지 마"라고 말하던 남편의 태도가 떠오르면서 속에서 서운함과 분노가 꿈틀거렸다.

"그런 논리라면 변호사가 법을 전공했으니까 법과 관련된 모든 직업을 섭렵해도 되겠네? 당신은 과연 변호사가 나보다 더 중개 업무를 잘할 거라고 생각하는 거야? 모든 분야에는 전문가가 있어. 그래서 각 직업군마다 그 특성에 맞는 자격증과 자격 기준을 법적으로 만든 거 아니야? 이런 식으로 변호사들이 하위 직업군을 넘나들며 모든 일을 마음대로 하게 되면 이 사회의 직업 생태계가 유지될 수 있을까? 내가 문을 닫아봐야 사태의 심각성을 알겠어!"

나는 속에 담아두었던 말을 쏟아냈다. 남편은 슬며시 기가 꺾인 눈치였다. 내친김에 한 방 더 날렸다.

"당신한테는 다른 직업군의 전문성을 인정해 주는 자세가 결핍돼 있어. 중개사는 아무리 작은 계약이라도 수십 번 발품을 팔고 권리분석을 해. 또 수십 가지 사항에 대해 확인하고 매수인, 매도인 사이에서 설명을 해. 사소한 실수에 대한 하자 처리부터 중대한 사고까지 손해배상 책임을 지기도 한다고. 아는 사람이라 수수료를 안 받는다고 해서 그 중개에 대한 책임이 소멸되는 건 아니라고!"

사실 중개보수를 받든 안 받든 중개한 계약에 대해서는 책임과 의무가 부과된다. 변호사가 중개보수가 아닌 자문료를 받고 중개해 주겠다는 것은, 말 그대로 소정의 비용으로 자문만 해주고 그 계약에 따르는 책임은 지지 않겠다는 의미다. 직업의 높고 낮음을 떠나 어느 분야든 전문가가 있다. 나는 몇 달 전, 자기 친구라고 해서 중개료를 받지 말라고 했던 남편의 부탁을 순순히 들어줬던 내 행동을 뼈저리게 후회했다.

"어, 그래그래. 무슨 말인지 알겠어."

궁지에 몰린 남편은 그제야 한발 물러났다.

옆에서 치킨을 뜯어먹으며 엄마와 아빠의 열띤 논쟁을 티브이 예능 프로그램 보듯 흥미롭게 지켜보던 아들이 입을 열었다.

"그럼 그날은 전국 모든 공인중개사들이 사무소 문을 닫고 법원으로 가는 거예요?"

아들의 눈빛에는 '그래서 당연히 엄마도 가겠지'라는 문장이 씌어있었다. 그러나 당연한 일도 당연하지 않은 것이 세상 이치다. 모두가 환호해야 할 때 모두가 소리 높여 웃고 기뻐한 적이 없고, 모두가 분노해야 하는 일에 모두가 거리로 뛰쳐나온 역사는 없다.

"엄마처럼 문을 닫고 가는 사람들도 있겠지만 그렇지 않은 사람이 훨씬 많아."

정확하게 이해타산을 따지고 합리성과 효용성을 갖춘 요즘 세대의 표본이라 할 수 있는 아들은 고개를 갸우뚱거렸다.

"중개사들이 다 참여하지 않는데 왜 엄마는 가요? 엄마가 문을 닫고 법원에 있는 동안 다른 사람들은 돈을 벌고 있을 거 아니에요. 그러면 엄마만 손해 아니에요?"

녀석에게서 그런 말이 나올 줄 알았다. 그 아버지에 그 아들. 언젠가 유사한 일로 집회에 참석했을 때 남편도 그랬다. "전국에 공인중개사가 당신 혼자야? 왜 뭐든지 직접 하려고 해?" 남편은 다른 사람들은 그게 옳은지 몰라서 안 하는 게 아니라며, 때론 선두보다 중간이나 뒤편에서 적당히 묻어가기도 하란다.

"모든 일을 모두가 한꺼번에 할 순 없어. 그렇다고 누군가 하겠지 하고 하나둘 빠지면 결국 아무 일도 벌어지지 않을 거야. 엄마가 할 수 있을 땐 엄마가 하고, 엄마가 못 하는 상황이 벌어지면 그땐 다른 누군가가 나서겠지. 이번엔 엄마가 할 거야!"

일개미를 관찰하다가 '20%의 무리가 생산의 80%를 담당한다'는 사실을 발견한 경제학자의 이름을 딴 '파레토 법칙'은 언제, 어디서건 적용되는 것 같다. 하필이면 내가 왜 고단한 20%에 속해있는가 한탄을 해보아도 어쩔 수 없다. 이보다 더한 일이 벌어져도 전국의 공인중개사들이 동시에 사무소 문을 닫고 광장으로 모이지는 않을 것이다. 그렇다고 나 역시도 모두가 광장에 모일 때만 광장으로 갈 수는 없다. 그래서 나는 갈 것이다. 그 일이 내 몫이라고 생각하면 그걸로 족하다.

그럴 줄 알았다는 표정의 남편과 속마음을 알 수 없는 묘한 표정의 아들을 지켜보다가 냉수라도 들이켜려고 돌아서는데, 마지막 치킨 조각을 잡아 뜯던 아들에게서 뜻밖의 말이 쏟아졌다.

"기숙사는 저 혼자 버스 타고 갈게요. 엄마는 법원으로 가세요. 엄마…… 멋져요!"

자라나는 미래세대, 그것도 아빠 못지않은 객관적인 시점을 고수한 아들의 응원을 받으니 갈증마저 사라지는 기분이었다.

오우케이! 엄마는 갈 것이다.

우리는 이미 근사한 사람들

아침 일찍, 낯익은 '똠방'이 들렀다. 똠방은 공인중개사 자격증은 없지만 지주(地主. 토지소유자)들과의 친분을 매개로 토지 등의 거래를 연결해 주는 일명 '거간꾼'을 의미하는 비속어다. 요즘에는 이렇듯 부동산 시장을 혼탁하게 하는 무등록 중개 행위를 단속하고 있지만, 10여 년 전만 해도 지역마다 한 두 사람씩은 꼭 있었다.

"옆 도시 구청 근처에 나대지가 공시지가보다 싸게 나왔어. 매도인이 급전이 필요하대. 이거 완전 대박이야. 손님 좀 붙여봐."

아늘아늘 아지랑이가 피어오르던 봄날이었다. 중개사무

소마다 다니며 물건을 뿌리는 모양이었다.

마침 차 마시러 와 있던 옆 사무소 중개사가 똠방의 말에 반응을 보였다.

"어머, 그래요? 한번 가보죠."

고민 없이 똠방을 쫓아나가는 중개사를 나는 어리둥절한 눈길로 바라보았다. 당시 초보 중개사였던 나에겐 그 광경이 너무나도 생경스러웠다. 게다가 그녀는 동네에서 일 잘하기로 소문난 중개사였다. 점심 무렵 사무소로 돌아온 그녀는 한껏 들떠있었다. 다녀온 이야기를 늘어놓더니 여기저기 전화를 했다.

"언니, 돈 좀 투자해 봐. 구청 옆 땅이 시세 반도 안 되게 나왔어. 샀다가 바로 팔아도 두 배 장사라니까."

이 사람, 저 사람한테 연락해서 돈을 끌어모으더니 당장 계약을 하러 가겠다고 했다. 나는 왠지 내키지가 않았다.

"그렇게 싸고 좋은 땅이 왜 그 동네에서 안 팔리고 여기까지 왔을까요? 뭔가 이상하지 않아요? 서두르지 말고 신중하게 생각해 보시는 게⋯⋯."

그녀는 철없는 동생을 바라보는 눈빛으로 나를 보더니 여유 있는 목소리로 말했다.

"내가 이 바닥 선수여서 잘 알아. 이런 기회는 흔히 오는 게 아니야. 투자자가 다 모이긴 했지만, 특별히 자기도 끼워줄게. 같이 사자."

베테랑 중개사의 말에 잠시 마음이 흔들렸다. 경력이 짧은 내가 접해보지 못한 아주 좋은 투자 기회가 아닐까 솔깃하기도 했다. 하지만 나는 쉽게 버는 돈은 또 다른 희생을 요구한다는 나름의 철학을 가지고 있다. 너무 싼 물건, 유난히 좋은 조건으로 나오는 매물을 의심하고 또 의심하는 소심쟁이 중개사다. 무림에 고수들이 얼마나 많은데, 그 좋은 물건이 그 수많은 사람들을 요리조리 피해 나를 찾아올 수 있을까? 나는 혹시라도 복권에 당첨되면 내게 올 모든 행운이 복권 당첨금으로 퉁 쳐질까 봐 복권도 사지 않는 사람이다.

아무리 노련한 그녀가 베테랑 중개사의 말기술을 발휘해도, 소심한 내가 신중해야 한다는 당부를 반복한다고 해도 우리는 이미 서로를 설득할 수 없었다. 나는 너무 들떠 있는 그녀에게 꼭 해야겠으면 꼼꼼하게 잘 확인해서 하라고 신신당부했다.

"매도인 쪽에서 법무사 미리 섭외해 놨대. 법무사가 직접 서류 확인하고 계약서 써놓는데. 그것만큼 확실한 게 어디 있어."

계약하러 가는 날은 비가 억수로 쏟아졌다. 하늘에 구멍이 뚫린 듯 한 치 앞도 분간하기 어려울 만큼 퍼부어 댔다. 기대에 차서 법무사무소로 가는 그녀의 옷깃을 나도 모르게 잡아당겼는데, 미소 지으며 살짝 털어내던 따뜻한 손길을 아직도 기억한다.

나는 우산도 안 받치고 다가가 차문을 열고 "계약하러 안 가면 안 돼요?"라고 말했다. 받아들여지지 않을 것을 알면서도 마지막으로 한 번 더 말리고 싶었다.

"에구구, 겁쟁이. 자기 그런 배포로 언제 돈 벌려고 그래."

그녀는 소리 내어 웃더니 자동차의 액셀러레이터를 밟았다.

3억 원의 계약금을 걸고 계약이 체결되었다. 법무사가 직접 작성한 계약이었고, 매도인은 2인의 공동명의였다. 위임장과 함께 대리인이 참석했고 계약금은 현금으로 전달되었다. 그날 밤 파티가 열렸다. 물건을 가져다준 똠방도 함께했다. 그녀는 앞날에 장밋빛 미래가 펼쳐지는 듯 환하게 웃었다.

일주일 후, 중도금이 지급되었다. 언니네와 동생네가 탈탈 털어 보내준 돈이라 했다. 다시 일주일 후, 잔금 대출과 관련해서 매도대리인에게 연락했지만 핸드폰에는 착신이 정지된 번호라는 음성 안내만 나올 뿐이었다. 법무사에게 전화했다. 받지 않았다. 그날 내내 통화가 되지 않았다. 밤새 잠을 설친 그녀는 법무사무소로 쫓아갔다. 사무소 문은 굳게 닫혀있었다.

이 사건은 훗날 '토지사기단 사건'으로 기사화되었다. 법무사와 토지사기단이 짜고 같은 땅을 여러 사람에게 팔아먹은 뒤 잠적한 사건이다. 70대 법무사는 이 사건을 함께 공모하고 건당 5,000만 원을 받았다고 한다. 중개사인 그녀는 법무사를 믿고 계약했는데, 알고 보니 법무사가 토지사기단의 사주를 받은 사람이었던 것이다.

2년쯤 지나 법무사를 비롯해 토지사기단 일부가 검거되었지만 형사구속이 되었을 뿐, 피해자들은 돈 한 푼 건지지 못했다. 그렇게 자신감 넘치고 당당하던 중개사였는데, 한순간에 빛을 잃은 꽃처럼 시들어 갔다. 가족 형제들에게 무리하게 모은 돈이라서 그 좋던 우애에도 금이 갔다.

순간의 판단이 인생에 얼마나 큰 영향을 미치는지를 보여준 사건이었다. '투기'라는 것이 얼마나 사람을 한순간에 망가뜨릴 수 있는지 극명하게 깨달을 수 있었다.

그리고 그녀는 중개업계를 떠났다. 그 후로도 나는 직

업 특성상 투자와 투기를 하는 사람들을 수없이 지켜보았다. 개중에는 일반인뿐 아니라 공인중개사들도 있었다. 성별, 나이, 직업을 떠나서 돈 앞에 자유로운 영혼은 없었다. 돈을 싫어하는 사람도 없었다. 그런데 돈을 원한다고, 좋아한다고 해서 돈이 따라오는 것도 아니었다. 원하는 대로 성공하면 '투자'가 됐고, 뜻대로 안 되면 '투기'라고 불렸다. 각종 매스컴, 유튜브 혹은 투자모임에서 어느 지역 어느 단지가 얼마만큼 상승할 거라는 등 부동산 시장의 미래를 점치지만, 사실 그 누구도 예측할 수 없는 것이 부동산 시장이다.

'복실이'도 그렇게 중개업계를 떠나갔다. 인근에 새 아파트가 건축되고 입주가 시작되자 상가마다 중개사무소들이 발 빠르게 입점하던 무렵, 복실이는 그 모퉁이 자리를 꿰차고 들어온 싱글녀였다. 나보다 네 살 아래인 그녀는 어느날 우리 사무소로 찾아와 "잘 지내봅시다!" 하며 손을 내밀었다. 사교성 없던 나는 그 도발적인 태도에 호감을 느꼈고, 복실이 역시 유난히 살갑게 굴며 귀염을 떨었다.

"나랑 언니랑 궁합이 잘 맞대. 그러니까 난 언니한테 붙어 다녀야 돼."

복실이는 부모님을 일찍 여의고 세 자매만 남았는데, 막내인 자기가 온갖 돈벌이로 언니들 뒷바라지를 해야 했다고 한다. 그러다 한번 크게 병치레를 하고 보니 더 이상 체력이 달려 몸으로 하는 일을 할 수 없게 되었다. 생각 끝에 그녀는 공인중개사 자격증을 따고 이 분야에 뛰어들었다.

복실이는 유난히 추위를 탔는데, 어느 겨울엔가는 내 코트를 보고 복실복실 따뜻해 보인다고 똑같은 걸로 사달라더니, 꽃이 피는 3월까지 그 코트만 입고 다녔다. 같은 옷을 주구장창 입고 다니니 주변 공인중개사들이 쌍둥이냐, 유니폼이냐며 놀려댔다. 겸연쩍은 나는 그 코트를 입지 못했는데 복실이는 단지 따뜻하다는 이유로 계속 입고 다녔다. '복실이'라는 애칭도 그때 생겼다.

복실이는 해마다 연말이 되면 한동안 연락이 끊겨서 속을 태웠다. 다시 그녀를 보게 되면 섭섭한 마음에 잔소리를 퍼부어 댔다. 그렇게 우리는 자매처럼, 연인처럼 그리고 껌딱지처럼 붙어 다녔다.

그녀는 일을 잘했다. 중개보조원을 셋이나 두고 적극적으로 움직였다. '1일 1계약'을 한다고 스스로 자랑도 했는데, 고객들의 우선순위 조건을 파악하고 부지런히 움직이는 그녀의 센스와 추진력이 몹시 부러웠다.

날이 갈수록 복실이는 점점 바빠지기 시작했다. 2년 전 꼭짓점을 찍던 집값이 하락하자 이 집 저 집을 사들이기 시작했다. 집을 사서 대출금을 최대한으로 (확보할 수 있을 만큼) 받은 다음, 싼값에 전세를 내놨다. 주로 오래된 아파트를 사들였는데, 수리비를 아끼겠다고 밤이면 직접 페인트를 칠하고 도배를 하고 청소를 했다.

나는 틈만 나면 그녀를 만류했다. 중개사면 중개를 통해 돈 벌 궁리를 해야지, 집 장사를 하겠다는 생각은 버려라, 이제 집을 사들이는 건 그만하라고 설득했다. 그럴 때마다 복실이는 말했다.

"언니는 너무 FM이야. 고지식해. 그렇게 해서 언제 큰돈을 만지려고 그래…….."

그녀는 부양할 가족이 많아서 중개만으로 먹고살 순 없다고 했다. 돈을 빨리 벌어서 언니들 집도 사주고, 빚도 갚고, 좋은 차로 바꾸고 싶다고 했다. 잔소리만 늘어놓는 내가 부담스러웠는지 우리는 차츰 만나는 횟수가 줄어들었다.

그러던 어느 날, 복실이가 사라졌다. 연말마다 잠깐 사라졌다 나타났던 그녀라서 또 금방 모습을 보일 거라 생각했지만, 1주가 가고 한 달이 가도 나타나지 않았다. 사무소도 굳게 닫혀있었다. 무수한 소문이 돌았다. 그동안 집을 20여 채 사들였는데 집값이 하락하자 깡통주택이 되어 경매에 넘어가는 집들이 많아져 결국 잠적해 버렸다는 이야기도 들렸다.

나는 그녀를 찾으러 집이고 관공서고 이리저리 헤매 다녔지만, 복실이에 대해 아는 게 없다는 사실만 깨닫게 될 뿐이었다. 그녀에 대해 체념할 무렵, 한 손님이 찾아왔다. 복실이한테 이사 가야겠다고 집을 알아봐 달라고 했더니 나를 찾아가라고 했단다. 연락이 되고 있다는 소리였다.

공동중개로 집을 구해주고 잔금을 치르는 날이 되었다. 손님은 중개보수는 복실이한테 주겠다고 했다. 나는 거절했다.

"제가 한 계약이니 일단 저한테 주세요. 제가 보관하고 있을 테니 복실이더러 저한테 연락하라고 하세요."

연락이 되고 있다는 손님 말이 사실일까? 몇 날 며칠 불면에 시달리던 어느 날, 복실이의 차가 사무소 앞에 멈춰 섰다.

"나 계룡산에 있는 조그만 암자에 있어. 신내림 받았어……."

복실이가 아프다고 자주 병원엘 갔고, 약을 한 줌씩 털어 넣곤 했던 건 주변 사람들은 다 아는 사실이다. 연말이면 사라졌던 이유는 추운 겨울에는 유난히 몸이 더 아파서 병원에 입원했기 때문이라고 했다. 하지만 시도 때도 없이 아프고 치료받아도 그때뿐이었다. 그러고 보니 그녀가 사주팔자에 집착하고 간간이 사무소 앞에 막걸리나 음식을 뿌려놓은 모습을 본 기억이 났다.

　"며칠 전 내림굿 받았는데 언니가 우는 모습이 보이더라. 나 때문에 울지 마. 나는 내 팔자대로 살 거야……."

　사람들은 깡통주택을 만들어놨느니, 돈독이 오르더니 분수도 모르고 그럴 줄 알았다느니 복실이에 대해 떠들어댔지만 사실 그녀에게는 말 못 할 내막이 감춰져 있었다. 가족들 뒷바라지하느라 정작 자신을 살피지 못하고, 이름 모를 약들을 한 줌씩 털어 넣으며 버티다가 결국 깊은 산중으로 들어가게 된 그녀의 인생이 나를 아프게 했다.

　나는 출발하는 차창 안으로 봉투를 밀어 넣으면서 말했다.

　"이건 중개사였던 네 마지막 중개보수야. 가져가."

　그녀는 눈물이 그렁한 표정으로 말을 잇지 못했다.

　복실이의 집들이 깡통주택이 되어 경매에 넘어간 이듬

해부터 집값은 다시 상승하기 시작했다. 조급한 사람들이 돈을 벌지 못하는 건 바로 이런 이유 때문이다. 부동산은 오르고 내리는 굴곡이 있는데 자금이 많지 않은 사람들은 그걸 기다리지 못한다. 집값이 내려가면 더 내려가서 더 큰 손실을 볼까 봐 서둘러 처분하는데, 급매로 털어낸 다음에는 갑자기 급등하기도 한다. 때문에 부동산 투자도 결국 돈 있는 사람이 돈을 벌 확률이 높다.

그 후 복실이와 나는 다시 연락이 끊긴 채로 몇 년을 보냈다. 우연찮게 계룡산으로 여행을 가게 되어, 나는 혹시나 하는 마음으로 여러 사찰을 둘러보고 스쳐가는 사람들을 유심히 살펴보았다. 우연이라도 복실이가 나타나 주길 바랐지만, 그녀는 끝내 나타나 주지 않았다.

오래전 함께 중개업을 하던 사람들 중 많은 이들이 현장을 떠났다. 돌이켜 보면 중개업보다 투기에 관심이 많았던 중개사들은 사라지고, 하루하루 중개업에 충실했던 중개사들은 여전히 현장을 지키고 있다. 돈을 벌려고 하면 오히려 돈이 붙지 않고, 돈 생각 하지 않고 자기 일에 매진하면 돈이 붙는다는 말이 있다. 음식 장사를 하는 사람이 내 음식점을 찾는 손님들을 '한 사람당 얼마'로 계산하기에 앞서, 어떻게 하면 좀 더 맛있는 음식을 손님들에게 선보일 수 있을까 고민하는 자세가 성패를 좌우한다는 뜻이다.

개업공인중개사는 의뢰인이 희망하는 조건에 맞는 매물을 중개하는 사람이다. 내가 중개해 준 주택이나 여타 부동산으로 손님들이 시세차익을 보면 기쁘면서도 한편으론 '나도 그때 그걸 살걸' 하는 아쉬운 마음이 들기도 한다. 하지만 후회는 딱 그 순간뿐이다. 투기에 손을 뻗치는 순간, 지금껏 내가 해왔고 앞으로 해야 할 중개업은 '푼돈 벌이'에 지나지 않고 '투기 대상'을 찾기 위한 수단으로 전락해 버리리란 걸 잘 알고 있기 때문이다. 자신의 직업을 흥미도, 의미도 없이 그저 돈벌이만을 위한 수단으로 생각한다면 어디서 어떤 일을 하든 결코 행복하지 않을 것이다.

하루하루를 충실하게 살아가는 직장인처럼, 전국의 수많은 중개사들도 한 건 한 건 성실하고 완벽한 중개계약을 맺기 위해 하루를 시작하고 마무리한다. 이미 오래전부터 부동산은 단번에 벼락부자가 될 수 있는 투기 수단으로 각광받았다. 하지만 그 현장에서 숱한 유혹을 이겨내며 몇십 년을 버틴 고지식하고 소심한 나 같은 중개사야말로 이미 충분히 근사한 전문 직업인이 아닐까, 스스로 위안해 본다.

선을 넘은 거래

오후 늦게 계약을 한 손님이 고맙다며 단감 한 상자를 주고 갔다. 막 들고 퇴근하려는 찰나 30대 초반의 젊은 여성이 들어왔다. 근처 빌라에 사는데, 집이 좁아서 옮기고 싶다며 전세대출에 대해 물었다. 한참 설명을 해주는데, 그녀의 표정이 묘했다. 집중하고 듣는 느낌이 아니었다. 그러더니 갑자기 고개를 숙이고 훌쩍이기 시작했다.

당황한 나는 왜 그러냐고, 무슨 일이 있느냐고 물었다. 그녀는 자기가 모르는 게 많다며, 머릿속이 너무 복잡하다고 했다. 부족한 자금을 전세대출로 충당할 계획에 많이 심란한가 보다 생각하고 대화를 마무리했다.

"그럼 남편분하고 잘 상의해서 결정하세요."

"남편이 없어요⋯⋯."

한층 더 우울해진 목소리로 그녀가 말했다.

'아이고, 그 나이에 벌써 혼자가 된 건가⋯⋯. 분명히 몇 년 전 이사 들어올 때 신혼부부였던 걸로 기억하는데⋯⋯.' 미안하고 안쓰러워서 그냥 보낼 수가 없었다. 선물 받은 단감 상자를 그녀에게 건네며 "살다 보면 힘들 때도 있는 건데, 힘내세요. 모르는 거 있으면 언제든 와서 물어보세요" 하고 한마디 보탰다.

친절하게 상담까지 해주셨는데 단감까지 주느냐며 손사래 치는 걸 기어이 손에 쥐여줬다. 그녀가 꾸벅 인사를 하고 돌아서는 순간, 그녀의 주머니에서 핸드폰이 울렸다.

"자기, 벌써 왔어? 나 지금 부동산이야. 금방 갈게."

그녀는 갑자기 밝아진 표정으로 말했다.

"신랑이 퇴근했나 봐요. 야근한다더니⋯⋯. 집에 가서 상의해 보고 다시 올게요."

흠⋯⋯ 남편이 없는 게 아니라 아직 퇴근을 하지 않았다는 뜻이었다. 그렇다면 전세자금 대출에 대해 잘 모르는 게 눈물을 흘릴 정도로 슬펐단 것인가. 맛도 보지 못한 단감이 괜히 아까웠다.

내 기준과 상식의 틀에서 상대방의 언행을 지레짐작한 결과다. 상대방의 마음속에 너무 깊숙이 들어간 대가이기도 하다. '부동산 아줌마'의 과한 오지랖 때문에 때론 오해를 빚기도 하고 상처를 주고받기도 한다. 사무적으로 중개만 하면 딱 좋을 텐데, 부동산 중개라는 게 누군가의 인생과 맞닿아 있으니 그들의 인생을 엿보게 되고 스스로를 동일시하게 된다.

어느 해 여름. 앳된 목소리의 여성이 LH 전세임대 계약이 가능한 아파트가 있는지 전화로 문의했다. 마침 조건에 걸맞은 집이 급하게 나온 상황이라, 시간이 되면 가급적 빨리 방문해 달라고 했다. 'LH 전세임대'란 LH(한국토지주택공사)가 주택을 계약해서 저소득층에게 저렴하게 재임대하는 복지정책 중 하나다. 이 정책의 혜택을 받는 사람들은 해마다 늘어나는 반면, 전세 물량이 부족한 데다 LH 전세임대 특성상 일정 금액까지만 지원이 되기 때문에 기준에 맞는 집을 찾기는 쉽지 않다.

그녀는 어머니, 남자친구와 함께 사무소를 찾아왔다. 너무 어려 보여 조심스럽게 나이를 물으니 스물두 살이라 했다. 알고 보니 우리 딸 초등학교 1년 선배였다. 딸아이 초등학교 동문이라 하니 더 반가웠다.

아파트를 보여줬더니 마음에 들어 했다. 계약금의 일부인 50만 원을 당일 저녁에 송금할 테니 다른 사람한테 보여주지 말고 꼭 잡아달라고 부탁했다. 하지만 그날도, 다음 날도, 그다음 날도 송금은커녕 소식도 없었다. 나흘째되는 날 전화를 했더니 당장은 돈이 없으니 계약일에 입금하겠다고 했다. 그러다 계약을 하루 앞둔 날, 다시 전화가왔다. 계약금이 없으니 일단 계약서를 작성하고 한 달 뒤인 잔금일에 계약금의 일부를 입금한 뒤 나머지 잔금은 입주 후에 분할로 지급하겠다는 것이다.

이런 계약은 있을 수 없다. 더욱이 임대 주체가 개인이아닌 LH인 만큼, 계약금 한 푼 없이 진행할 수는 없었다.그녀는 지금 형편으로 계약금을 낼 수 없지만, 시간이 조금 지나면 돈을 마련할 수 있다며 사정했다. 그런 조건은LH에서 받아주지 않는다고, 빨리 돈을 마련해야 한다고했다. 그녀가 돈을 마련하지 못하는 사이 새로운 계약자가나타났다. 그녀에게 알려줬더니 그녀는 감정을 여과 없이표출했다. 그 집은 자기랑 계약하기로 했는데 왜 다른 사람한테 보여주었냐며 소리를 질렀다.

아파트를 보고 너무 좋아하던 그녀의 모습이 눈에 선해

서 "집 보러 올 때 엄마도 같이 오셨던데, 엄마한테 단 얼마라도 빌려달라고 할 수 없어요? 조금이라도 가져오면 내가 임대인을 설득해 볼게요"라고 이야기했지만, 엄마도 돈이 없어 10만 원조차 보태줄 수 없다고만 했다. 결국 계약금 문제가 해결이 안 되어 다른 사람과 계약을 하게 됐다. 속상하고 화가 났는지 그녀는 급기야 막말을 쏟아냈다.

"약속도 안 지키는 부동산은 살다 살다 처음 보네. 이런 데 다신 안 가. 아줌마가 그렇게 나쁜 중개사인 줄 몰랐네요. 난 다른 데 가서 알아볼 테니까 신경 꺼요!"

자기가 하고 싶은 말만 내뱉고 전화를 뚝 끊어버렸다. 황당한 나는 다시 전화를 걸어 말했다.

"애, 나 너 초등학교 1년 후배 엄마니까 이제 너한테 말 놓는다. 네 사정 어려운 거 잘 알아. 나도 마음이 안 좋아서 최소한만 준비하면 어떻게든 도와주려고 했어. 너도 그건 알지? 근데 LH랑 계약하면 계약금을 반드시 지급해 줘야 하는데 어떤 임대인이 안 받은 돈을 받았다고 하고 거짓으로 계약서를 작성해 주니? 계약금도 못 주고 잔금도 입주 후에 분할로 납부한다고? 그렇게 계약하는 사람 없고, 그런 계약 할 수도 없어. 내가 나쁜 사람이라고? 아무리 중개보수라는 대가를 지불하고 맡기는 일이지만 말 함부로 하면 못써."

참아왔던 말을 시원하게 쏟아냈지만, 마음은 안 좋았다.

그녀 인생은 얼마나 험난한가……. 이제 갓 스물두 살짜리가 기초수급 대상자가 되어 단돈 1만 원도 없는 상태로 집을 구하러 다니는데, 내 나이 또래의 부모는 계약금 몇 십만 원도 못 보태주다니…….

전화 끊고 책상 위를 정리하다 보니 그녀가 승인 넣으라고 놓고 간 주민등록등본, 가족관계증명서 등이 있었다. 그래서 문자를 보냈다.

가족관계증명서랑 서류 있는 거 찾아가요. 내가 폐기해도 되는데

이런 서류는 혹시 악용되거나 하면 안 되니

찾아가서 본인이 버려야 안전한 거예요.

하루가 지나고 이틀이 지나도 서류를 찾으러 오지는 않았다. 철없는 대학생 딸을 보면 그녀가 생각나 마음이 무거워지긴 했지만 언제나처럼 곧 잊었다.

3개월 후 아침에 전화가 왔다.

"아줌마. 집 나온 거 있어요?"

그녀였다. 아직도 집을 못 구했고 돈은 그 사이 100만 원을 모았다고 했다. 나머지 계약금은 역시 분할로 하겠다고.

직장은 다니고 있느냐 물었더니 어느 빵 공장에 다니고 있고, 기초생활수급자라서 시에서 매달 50만 원씩 지원받는 돈으로 분할 납부를 할 거라고 했다. 마침 전세로 나온 집이 있었다. 임대인이 LH 전세임대는 안 한다고 하는 걸 이틀 동안 설득해서 겨우 허락을 받았다. 그녀는 너무 감사하다고, 이제 아줌마가 하라는 대로 다 하겠다고 했다.

"나쁜 아줌마라고 다른 부동산 가서 구할 거라고 하더니 왜 다시 연락했어요?"

계약을 마치고 농담하듯 말을 건넸다. 다른 중개사무소를 돌아다녀 봤는데 계약금이 없다 했더니 이야기를 들으려고도 않고, 돈이 없는 사람이라고 무시하고 귀찮아하는 게 느껴졌다고 한다. 그래서 '그 부동산 아줌마가 한 말이 다 맞구나! 그분은 그래도 나를 위해 잘 맞춰주려고 애를 쓰셨구나' 하는 생각이 들었다고 고백했다. 그래서 망설이다 다시 연락을 한 거란다.

LH 전세임대 계약은 안 하겠다는 주인을 이틀 동안 설득한 건 나로서는 이례적인 사건이었다. 사정사정해서 잔금도 분할납부 할 수 있게 했다. 나는 당사자가 원하지 않는 계약은 절대 하지 않는다. 무리하게 설득하는 건 중개사인 내 직업 정신에 위배된다. 다른 손님이었다면 계약금 몇십만 원도 못 마련할 정도로 경제 상황이 어렵다는 사실을 안 이상, 임대인에게 아예 말조차 꺼내지 않고 내 선에서 계약이 어렵다고 끊었을 것이다. 임차인이 약속한 대로 월세와 보증금 분납금을 납부하지 못할 가능성이 있고, 그렇게 되면 임대인이 겪는 피해에서 나 또한 자유로울 수 없기 때문이다.

그러나 나는 이번 건만큼은 무리한 중개를 감행했다. 스물두 살의 젊은이가, 부모에게 아무런 도움을 받을 수 없는 내 딸 같은 여성이 살 집을 찾아 거리를 헤매 다니는 모습을 보는 게 너무도 안타까웠기 때문이다. 그 모습을 지켜보는 일이 나에겐 더 무리한 일처럼 느껴졌다. 내가 나서지 않는 한 어디에서도 집을 구할 수 없을 것 같았다.

다행스럽게도 그녀는 입주하고 나서 월세와 분납금을 꼬박꼬박 지급했다. 입금 당일에는 '아줌마 저 입금했어요' 하고 자랑하는 문자를 보내기도 했다.

몇 달 후에는 임신 소식도 알려왔다. 뒤이어 혼인신고만 하고 함께 살았던 남자친구가 지방에 있는 기업체에 일자리를 얻어 이사를 가게 되었다. 이사 날, 정산을 마치고 나는 그녀에게 덕담을 건넸다.

"이제 좋은 일만 생길 거예요. 예쁜 아이 낳고, 행복하게 잘 살아요."

말을 마치기 무섭게 그녀의 눈이 촉촉해졌다.

"여기 이사 오기 전까지 계속 안 좋은 일만 있었거든요. 아줌마 덕에 살 곳을 마련하고, 그때부터 일이 하나씩 술술 잘 풀렸어요. 그래도 예전에 아줌마한테 막말했던 게 마음에 남아요. 정말 죄송했어요."

젊은 세대가 살아가는 모습을 보면 자연스럽게 내 젊은 시절을 떠올리게 된다. 내가 젊었을 적엔 '개천에서 용 난다'는 말이 현실과 동떨어져 있지 않았다. 열심히 공부하면, 열심히 일하면 노력한 만큼 성과가 따라왔다. 개발도상국의 위치에서 모두가 같은 곳을 바라보며 부지런히 내달렸다.

하지만 선진국 반열에 올랐다는 오늘의 대한민국에 사는 내 자식 또래의 젊은이들은 너무도 고단해 보인다. 안 쓰고, 안 먹고 모아도 월급으로는 집을 마련할 수 없고, 도서관에서 머리를 싸매고 공부해도 취업이 어려운 세대다. 예전에 비해 복지정책이 나아졌다고는 하지만, 최소한의 지원이 확대된 것일 뿐이다. 그들에겐 한낱 '부동산 아줌마'에 지나지 않을지 모르지만 월세를 찾으러 우리 사무소를 드나드는 이들의 현재를 나는 부채감 가득한 눈으로 바라보게 된다.

인생을 이만큼 살아보니 힘든 삶이 어떤 것인지 조금이나마 알게 되었다. 힘든 삶의 터널을 벗어나는 것이 쉽지 않다는 것도 안다. 그 때문일까, 내가 결코 외면할 수 없는 것들도 함께 늘어나고 있다.

젊은 세대가 더 이상 고단하지 않기를 기도해 본다. 착한 사람들, 성실하지만 가난한 사람들이 점차 나아지고 행복해지는 사회가 빨리 왔으면 좋겠다.

그곳에 사람이 살고 있습니다

세상은 상상 이상으로 가파르게 진화한다. 인공지능, 빅데이터, 블록체인, 사물인터넷 등 4차 산업혁명의 '초지능'이 인간 고유의 자리를 서서히 잠식하고 있다. 단순한 업무는 단순하니까 기계화되고, 복잡한 업무는 복잡하니까 AI로 대체된다.

그러나 지능화·첨단화되어 가고 있는 첨단과학 기술의 이면에는 역설적이게도 인간 중심적인 감성을 갈망하는 감각이 여전히 꿈틀대고 있다. 컴퓨터 조작도 서투르고 신기술 적응력도 떨어지는 50대 부동산 아줌마가 여전히 아날로그 방식으로 중개업을 이어가는 이유다.

10월 어느 날, 60대 초반의 임차인이 뛰어 들어오며 소리쳤다.

"어떡해요. 우리 쫓겨나요. 한 달 안에 집 비우래요!"

당시 인근에는 민간 임대아파트 단지가 있었는데, 매매나 임대는 불법이었지만 공공연하게 거래가 성행했다. 임대아파트는 건설사가 계약자를 모집해 임차권을 준 후 일정 보증금을 불입하게 하고, 매월 월차임을 받다가 5~10년 후 분양 전환기에 소유권을 이전해 주는 방식이다.

분양 전환 시에는 감가상각을 적용해 주변 시세보다 저렴한 80% 선에서 분양가가 결정된다. 따라서 시세차익을 노리고 여러 채를 사서 전세나 월세를 놓는 투자자들이 많았다. 그러나 분양 전환이 완료되기 전까지는 건설사 소유이기 때문에, 만약 임차권을 가진 임대인이 월세를 연체해서 계약이 해지되면 전차인(임대아파트에 세든 사람)은 보호를 받을 수 없게 된다.

당시 신출내기 중개사였던 나도, 여러 채 소유하고 있던 투자자와 그중 한 채를 월세계약 하게 되었다. 안전한 일반 아파트를 권했는데 전월세 금액이 현저히 싸니 돈 없는 임차인은 그 아파트만 고집했다. 병약한 80대 노모를 모시고 사는 60대 부부였는데, 두 배쯤 비싼 일반 아파트는 엄두가 안 난다고 했다. 어쩔 수 없이 보증금 1,500만 원의 저렴한 월세로 유도해 계약을 체결했다. 건설사에 입금돼 있던 보증금보다는 낮은 금액이라 나름 안전하다고 판단했다.

그러나 이후 건설사의 임대료를 장기연체 하여 계약해지 통보를 받는 세대가 대거 발생했다. 내가 계약해준 106동 404호에도 계약해지 통지서가 날아들었다. 사색이 된 임차인이 통지서를 들고 뛰어 들어왔는데, 그 임대인이 소유하고 있던 다른 세대들도 똑같은 상황이라고 했다. 이미 명도되어 한 푼도 못 받고 쫓겨난 세대도 있었는데, 임대인의 거주지까지 찾아가 보니 이미 다른 곳으로 이사 간 뒤였고 전화는 받지 않는다고 했다.

"집주인도 도망가 버렸다는데, 이제 어떡해요……. 한 달 안에 집을 비우라는데 대체 어디로 가야 하냐고요……."

임차인은 넋두리를 쏟아내며 끝없이 한숨을 짓더니 눈물마저 흘렸다. 계약할 당시 내가 만류한 사실을 기억하고 있던 임차인은 "중개사님 말 안 들은 내 잘못이 크지만 제발 좀 도와주세요"라고 통사정했다.

알면서 악수를 두는 경우가 있다. 선택의 여지가 없기

때문이다. 돈이 없으니 '리스크'가 있다는 걸 알면서도 선택할 수밖에 없었는데, 그 필연적인 선택 때문에 다시 악재의 수렁 속으로 빨려 들어가기도 한다.

계약서를 확인해 보니 명의자는 여자분이었는데, 그녀의 남편이 인감증명서와 위임장을 들고 와서 계약했다. 명의자와 통화하기는 했지만 위임장으로 대신했기에 실제로 얼굴을 본 적은 없었다.

당시 민간 임대아파트에 대한 투자가치가 하락하면서 소위 '마이너스 P'가 형성됐다. 그러자 손해를 입은 투자자들은 임대료를 납부하지 않았고, 장기연체로 보증금에 대한 압류 및 임대계약 해지가 속출했다. 임대인들이야 '전전세(전세를 얻은 자가 그 일부 혹은 전부를 다시 임대하는 것)'를 놓은 상태여서 계약이 해지되어도 손해 볼 일이 없었다. 문제는 임차인들이었다. 그들은 임대아파트를 불법으로 빌려서 거주하고 있다가 보호받지 못하고 쫓겨나야 할 처지에 놓인 것이다.

어떤 임차인은 길길이 날뛰고 어떤 임차인은 임대인을 찾아 사방팔방을 헤맸다. 그러다가 하나둘 체념해 갔다. 결국 다들 피할 수 없는 현실을 받아들였지만, 오로지 나만은 그 수렁에서 벗어날 수 없었다. 신출내기인 데다 이

론으로만 알고 있었던 임대아파트 실상, 잠적한 임대인 그리고 쫓겨나는 임차인을 보고 있자니 뇌세포가 산산조각 나는 느낌이었다. 그 와중에도 명도일은 전쟁처럼 다가오고 있었다.

'왜 그때 더 강력하게 만류하지 못했을까? 내가 실상을 더 확실히 파악하고 적극적으로 위험성을 알렸으면 이런 상황까지 오지 않았을 텐데……. 임대인은 자기 때문에 한 가정이 길바닥에 쫓겨나는 사태가 벌어졌는데, 정말 아무렇지도 않을까?'

쓰라린 후회만큼이나 떨쳐낼 수 없는 건 의문이었다. 임차인이 한 푼도 받지 못하고 쫓겨난다면 나는 평생 죄책감에서 벗어나지 못할 것 같았다. 어떻게 아무 일 없었던 듯 묻어두고 중개업을 이어나갈 수 있을까……. 여러 날을 뜬눈으로 지새우던 어느 아침, 창밖의 빗줄기를 바라보던 나는 불현듯 얼굴도 본 적 없는 임대인이 궁금해졌다.

그렇게 해서 충동적으로, 어쩌면 필연적으로 임대인에게 문자 메시지를 보내게 되었다.

안녕하세요. 106동 404호 계약한 부동산대표 양정아입니다.

비가 오네요. 가뭄을 해갈하는 단비입니다.

어디에 계시든지 건강하고 힘내세요~

다음 날도, 그다음 날도 눈을 뜨면 제일 먼저 임대인에게 문자 메시지를 보내는 것으로 하루를 시작했다.

어제 뉴스에서 본 서울 아파트 화재소식.

갑자기 변을 당한 분들은 얼마나 놀라고 황당했을까요?

살다 보면 참 예측하기 어려운 게 삶이지만,

80대 노모를 봉양하는 60대 세입자가 이 어려움을 겪고

다시 시작할 수 있을까요?

어젯밤 잘 주무셨나요?

저는 요새 잠을 잘 못 자지만 사모님이나 세입자분들에겐

부디 편안한 밤이었길 바랍니다.

힘내세요~

낙엽이 떨어지기 시작했어요. 올해는 추위가 빨리 시작된다죠?

없는 분들에게 가장 힘든 계절이 겨울이랍니다.

조금 힘드시더라도 세입자분들에게 희망을 주세요….

사모님도 얼마나 힘드실까요. 그렇지만 순리대로 행하시면

다시 좋은 날을 맞게 되리라 믿습니다.

아침저녁으로 많이 쌀쌀해요.

독감주사 꼭 맞으시고 건강 잘 챙기세요.

부질없는 짓이 아닐까, 임대인의 전화번호가 바뀐 건 아닐까? 당시에는 핸드폰이 2G폰이어서 '카톡' 같은 대화방도 없고, 상대방이 문자를 읽었는지 확인할 방법도 없었다. 문자를 보내면서도 별의별 생각이 들었지만, 임차인을 위해 내가 할 수 있는 일은 이것밖에 없었다.

2주쯤 지났을까. 그날 아침도 문자 메시지를 보냈다. 메시지를 보내자마자 전화벨이 울렸다. 떨리는 손으로 핸드폰을 집어 들고 심호흡을 한 다음 숨죽이며 전화를 받았다.

"언제 가면 되겠습니까?"

핸드폰 너머로 들리는 목소리가 물었다. 세입자들을 길거리로 나앉게 만든 뒤 연락을 끊고 잠적했던 임대인이었다. 나는 너무 놀라 아무 말도 할 수 없었다. 그녀는 혼잣말하듯 되뇌었다.

"오라는 날짜에 갈게요. 대신 다른 사람들한텐 비밀로 해주세요. 비밀을 지켜준다면 조용히 가서 그 세입자 보증금만은 돌려드릴게요."

꿈인지 현실인지, 아득하기만 했다. 그저 무기력하게 지켜볼 수 없어 하게 됐던 '문자질'이 이런 기적을 불러온 것이다.

일은 일사천리로 진행되었다. 세입자에게 이 사실을 알리고 둘만의 비밀을 유지하기로 했다. 하지만 기쁨도 한순간이었다. 약속한 날이 다가올수록 나는 또다시 잠을 이룰 수가 없었다. 임대인이 정말 나타날지, 보증금을 정말로 마련해 올지 모든 것이 불확실한 의문이었다. 경제적 상황이 어렵다고 다른 임차인들을 피해 잠적했다는 사람이 이 임차인만을 위해 돈을 돌려준다는 게 사실일까? 임차인은 기대에 부풀어 있는데, 마음이 바뀐 임대인이 나타나지 않으면 어떡하지? 몸과 마음이 피폐할 대로 피폐해져 결국 나는 앓아눕고 말았다.

드디어 약속한 날이 되었다. 이삿짐을 쌓아놓은 방 한구석에서 나와 임차인은 초조히 임대인을 기다리고 있었다. 잠시 후 선글라스에 모자를 쓴 중년 여성이 나타났다. 입을 연 이는 아무도 없었다. 영화의 한 장면처럼 우리는 목례를 하고 조용히 봉투만 주고받았다. 임대인은 돌아서 나가려다 말고 나를 빤히 쳐다보았다.

"어떻게 매일 문자 메시지를 보낼 생각을 하셨어요? 아침에 폰이 올릴 때마다 내가 얼마나 괴로웠는지 아세요?"

그녀는 내 얼굴을 기억하기라도 하겠다는 듯 한참을 바라보더니 목례를 하고 떠나갔다. 가슴속에 자리 잡은 돌덩이가 그제야 녹아내렸다. 나는 임차인이 울먹이며 쥐여준 음료수만 만지작거렸다. 가끔 그때의 임차인이 안부 전화를 걸어온다. 지금은 빛바랜 영화처럼 기억되지만, 당시 내가 느낀 압박감을 떠올리면 지금도 머리털이 쭈뼛쭈뼛 일어선다.

'갭 투자(시세차익을 목적으로 주택을 매매가격과 전세금의 차액만으로 매입하는 투자 방식)'를 했다가 실익이 없다고 판단한 임대인은 임차인들이 살고 있는 집들을 포기해 버렸다. 졸지에 길거리에 나앉게 된 임차인들을 외면했던 그녀의 마음을 움직인 것은 두세 문장의 문자 메시지였다. 그렇다고 문자 메시지로 소송을 예고하거나 협박을 한 것도 아니었다. 다만 집과 사람을 투기 대상이자 돈으로밖에 취급하지 않았던 그녀 가슴속 깊이 내려앉아 있던 '감성'을 건드린 것이다.

핸드폰 앱으로 길을 찾는 게 훨씬 편리하고 정확한 시대이지만, 누군가에게 길을 묻고 싶은 마음은 여전히 남아있다. 따뜻하고 아련한 것들, 느리고 은은한 것들에 대한 열망도 아직은 남아있다. 아니, 남아있다고 믿으며 살고 싶다. 그래야 첨단과학이나 신기술로는 안 되는 것들도 포기하지 않고 시도해 볼 수 있기 때문이다.

2장

누군가의
인생이 담긴 공간,
집

아랫집 학생의 부탁

북상하는 태풍 '힌남노'의 영향으로 월요일 아침부터 세차게 비가 쏟아졌다. 막 출근해서 커피를 한 잔 마시려던 찰나, 한 남학생이 불쑥 들어왔다. 껑충한 허우대와는 어울리지 않게 잘못 찾아온 사람마냥 어찌할 바를 모르던 앳된 학생은 몸을 굽실거리며 말했다.

"중개사님! 2년 후에 우리 윗집, 재계약 안 하게 좀 막아주세요. 부탁드리려고 문 여시는 걸 기다리고 있었어요."

이 학생은 두 달 전에도 찾아왔다. 퇴근 무렵, 무심코 창밖을 내다보다가 서성이던 학생과 눈이 마주쳤다. 학생은 들어올까 말까 망설이고 있었던 듯, 눈이 마주치고 나서야 결심 선 얼굴로 문을 열고 걸음을 내딛었다. '덩치만 어른'이란 흔한 말처럼 체구만 클 뿐, 말투나 표정은 순박한 학생 그대로였다.

학생은 일곱 살 때 이 아파트로 가족과 함께 이사 왔다. 그리고 13년 넘게 살았다. 현재는 아버지가 다른 지역으로 전근을 가서 엄마, 여동생과 살고 주말에만 아버지와 함께 지내고 있었다. 별 탈 없이 살던 소년의 일상은 2년 전부터 문제가 발생했다. 윗집의 세입자가 바뀌면서 층간소음으로 인한 분쟁이 시작된 것이다. 재수를 하면서 밤늦게까지 공부를 하던 학생은 계속되는 소음을 견디지 못하고 윗집으로 올라가 문을 두드렸다.

너무 시끄러워서 공부를 할 수 없다고 항의를 한 학생에게 윗집의 성인 남성은 "어린 녀석이 밤늦게 남의 집 문을 두드려서 무슨 행패냐"며 되레 화를 냈다고 한다. 아마 상대가 덩치만 컸지 순박한 학생이라는 걸 한눈에 알아챈 듯했다. 남자는 학생의 멱살을 잡고 주거침입으로 경찰에 고소하겠다며 으름장을 놓기도 한 듯하다.

집으로 돌아와 불안한 마음으로 밤을 새운 학생은 궁리 끝에 중개사무소로 찾아온 것이다.

"아니, 한밤중에 시끄럽게 하니 올라간 건데 주거침입 죄로 고소하겠다는 게 말이 되나요? 제가 잘못한 건가요? 혹시 오늘 경찰이 찾아왔나요? 부모님이 아시면 안 되는데…… 스트레스 받으시면 안 되거든요."

학생은 잔뜩 겁에 질려있었다. 안쓰러웠다. 윗집에서 아랫집 학생을 고소한다 해도 경찰이 공인중개사에게 연락할 리는 없다. 하지만 제 딴에는 속을 태우며 궁여지책으로 사무소를 찾아온 것 같았다.

"아빠는 주말에만 오시고, 엄마는 일하다가 밤늦게 퇴근하세요. 이런 일로 부모님께 걱정 끼쳐드리고 싶진 않아요. 이런 이야기 저희 부모님한텐 절대 알리지 말아주세요."

시험공부만으로도 힘들 텐데, 윗집에서 시작된 층간소음 때문에 공연히 마음을 쓰고 있는 학생이 안타까웠다.

수년 전에 인근 아파트에서 층간소음 문제로 다투다 분을 참지 못한 아래층 남자가 낫을 들고 위층으로 달려 올라간 사건이 있었다. 마침 그날이 조상 묘를 벌초하고 돌아온 날이었다고 한다. 이 일은 티브이 뉴스에서도 비중 있게 보도될 정도로 충격적인 사건이었다.

공동주택은 어쩔 수 없이 층간소음 문제가 발생할 수밖에 없다. 각 세대마다 그 소음을 얼마나 조심하고 어떻게 받아들이느냐에 따라 갖가지 사건이 벌어진다. 잦은 분쟁은 돌이킬 수 없는 돌발사고로 이어지기도 한다.

윗집의 소음이 어느 정도였는지, 그 때문에 어떤 다툼이 벌어졌는지 알 수 없지만 아직 소년티를 벗지 못한 학생의 안위가 걱정되었다. 그래서 만약 집에서 공부하기가 어렵다면 독서실이나 고시원을 이용하고, 가급적 혼자 윗집에 올라가지 말라고 신신당부를 했다.

그 일이 있고 나서 두 달 만에 다시 방문한 것이다.

"우리 윗집이 얼마 전에 재계약 했다면서요? 그리고 또 2년 지나면 재계약 한다면서요. 제발 2년 후에는 재계약 안 하게 좀 해주세요. 그거 부탁드리려고 왔어요."

윗집이 재계약한 걸 어떻게 알았느냐고 물었더니 지난번에 올라가서 말다툼을 벌일 때 윗집 남자가 "아유, 괜히 재계약했어. 이럴 줄 알았으면 다른 데로 이사 가는 건데" 하는 넋두리를 놓치지 않은 모양이다.

공부밖에 모르는 순박한 학생다웠다. 재계약은 임대인과 임차인이 서로 합의해서 정할 일이지, 중개사가 하라, 하지 말라고 참견할 수 있는 영역이 아니다.

"제가요, 이 사람들이 이사 오기 전에는 안 그랬어요. 그런데 이 사람들이 이사 온 후로는 공부를 할 수가 없어요. 그러니까 제발 2년 후에 재계약 안 하게 해주세요."

중개사인 내가 답할 일은 아니었지만, 그렇다고 공인중개사법이 어쩌고 하며 원론적인 설명을 할 순 없었다.

"알았어요. 재계약 안 하게 해볼게. 그러니까 아무리 윗집이 거슬려도 밤중에 올라가지 마. 혹시 엘리베이터에서 만나도 그냥 인사만 하고 시끄럽다든지 그런 말도 하지 마. 그런 건 어른들이 알아서 할 문제야. 학생은 지금부터 열심히 공부해서 수능 잘 보고 대학 갈 생각만 해. 시끄럽게 해도 학생이 안 올라가면 윗집도 점점 미안한 생각이 들어서 조심할지도 모르잖아."

학생은 머리를 긁적이며 알았다고 말했다. 창밖에서 또래 남학생이 빠끔히 내다보고 있어서 누구냐고 물었다.

"학원 친구예요. 학원 가는 길에 아줌마한테 꼭 부탁하고 가려고 같이 기다렸어요."

음료수 두 병을 내주었더니 고맙다고 거듭 인사하며 나갔다. 문밖으로 나간 학생이 친구한테 뭐라고 이야기하자 친구가 웃으며 학생의 어깨를 툭 쳐주었다. 아마도 부동산 아줌마가 윗집 재계약 안 하게 해준다고 전한 듯했다.

시름을 던 듯 경쾌하게 걸음을 내딛는 두 남학생을 보며 마음이 무거웠다. 층간소음 문제에 대해 중개사가 할 수 있는 일은 아무것도 없다. 윗집이 예의 없이 쿵쾅거리며 아랫집에 피해를 끼치는 것인지, 평범한 윗집에 아랫집이 너무 예민하게 군 것인지 알 수가 없고, 안다고 해도 중개사가 관여할 영역은 아니다. 하지만 나는 마치 내가 중개사여서 해결해 줄 수 있는 것처럼 애매한 말로 학생을 토닥였다. 선의의 거짓말을 한 셈이지만 모든 게 불안한 재수생한테 심리적 위안을 주고 싶었다.

모든 문제가 그렇듯 층간소음은 사람 사이에서 벌어진다. 건축기술이나 자재가 발전하지 못했던 시절에는 지금보다 층간소음 분쟁이 훨씬 비일비재했을 것이다. 그럼에도 요즘처럼 사회문제로 떠오르지 않은 건 타인에 대한 배려가 훨씬 넘치는 사회였기 때문이 아닐까?

그나저나 힘든 재수생활 중에 층간소음을 겪었던 그 학생의 대학입시는 해피엔딩이 되었을까? 어떤 결과를 맞이했든 순수하고 착한 마음을 지닌 만큼 성숙한 어른이 되었기를 기원해 본다.

내 마음의 '로또'

하늘이 참 파랗구나, 진짜 파랗구나. 나도 모르게 연신 고
개를 들어 감탄사를 퍼붓던 어느 쾌청한 가을날이었다. 웬
젊은 남자가 불쑥 들어와서 1억 원 정도에 살 수 있는 농
지를 구해달라고 했다. 때마침 1억 5,000만 원대 농지가
있어 보여주었더니, 남자는 묻지도 따지지도 않고 계약서
에 덜컥 서명을 했다. 어떤 매물이든지 계약이 쉽게 체결
되지는 않지만, 그중에서도 토지 계약은 더욱 성공 비율이
낮다. 땅의 위치나 모양, 용도 등 구입할 때 고려해야 할
세세한 항목이 다른 중개대상물에 비해 훨씬 많기 때문이
다. "토지 계약은 교통비도 안 나온다"는 푸념 섞인 말이

중개사들 사이에서 떠도는 이유다.

그렇기에 마치 슈퍼마켓에서 라면을 고르듯, 토지 계약을 단번에 결정한 이 손님의 정체가 궁금하지 않을 수 없었다. 체결된 계약서를 건네려던 찰나 남자가 말했다.

"제가 20억 원 정도는 융통이 가능합니다. 좋은 물건이 있으면 말씀해 주세요. 중개사님이 추천하는 매물은 전부 살게요."

알고 보니 그에게는 유통업을 통해 큰돈을 번 맏형이 있었다. 밤낮없이 사업 확장에만 몰두한 형은 큰돈을 벌어 자수성가를 이뤘지만, 사업에만 매달리느라 그 밖의 돈을 굴리는 방법에는 눈이 어두웠다. 그래서 평소 자신을 잘 따르고 똘똘했던 막냇동생인 남자에게 투자를 맡겼다.

남자는 바쁜 형들을 대신해 병든 노부모를 봉양했고, 형제들은 막내의 공을 소홀히 여기지 않았다. 그들은 부모님을 모시고자 직장을 그만둔 막내에게 생활비를 대주는 것뿐만 아니라, 노후 생활까지 책임지겠다고 약속했다. 형제들은 보기 드물게 심성 곧고 우애가 깊었다. 그러다 노부모가 모두 돌아가시자 홀로 남은 착한 막내에게 맏형이 "돈을 믿고 맡길 테니 나름대로 투자해 봐라"고 한 것이다.

그때부터 남자는 마치 출근하는 직장인처럼 중개사무소

를 드나들며 아파트나 상가, 오피스텔을 구매했다. 매사에 겸손하고 소박했던 그는 큰돈을 굴리는 사람처럼 보이지 않았다. 남자는 계약 직전이나 후에는 바쁜 형에게 언제나 자세한 상황을 설명하는 등 대리인 역할에 충실했다. 형이 먹을 거, 입을 거를 아끼며 힘겹게 번 돈이니 좋은 물건을 골라야 한다며 언제나 꼼꼼하게 투자 매물을 살폈다.

그즈음 남자의 친구들이 "수익률이 좋으니 너무 곧이곧대로만 일하지 말고 적당히 챙길 건 챙겨라"고 말했다. 그는 친구들에게 단호하게 말했다.

"우린 그런 형제가 아니야. 아무리 부모님 병간호했다고 동생한테 생활비까지 보내주는 형이 어디 있냐. 우리 큰형, 보통 형이 아니야. 부모님 같은 형이야. 그런 형 돈을 내가 어떻게 허투루 쓸 수 있겠냐."

그는 우애 좋은 형과 자신 사이를 의심하는 친구들에게 되레 서운함을 표했다.

나는 형의 호의를 당연시 하지 않고 보답해야 할 은혜로 여기는 그가 참 대견해 보였다. 다만 형의 재테크를 대신하느라 직장도 그만둔 채 홀로 지내는 모습은 조금 우려되었다.

연락이 뜸해졌다고 생각될 즈음, 그가 전화했다. 반가운 인사를 나눌 새도 없이 그는 다급한 목소리로 입금을 좀 해줄 수 있느냐고 물었다. 매물을 많이 구입한 것이 부담이 되어 연락이 줄어든 게 아닐까 넘겨짚고 있던 터라 급전을 찾는 이유가 궁금했다. 남자는 의기양양하게 요즘은 가상화폐인 비트코인 투자에 매진하고 있다고 답했다.

당시는 그야말로 너도 나도 비트코인에 손을 대던 시기였다. 남자는 자고 일어나면 돈이 몇 배로 불어있다면서 지금 빨리, 많이 구매해야 한다고 말했다. 그러나 형이 사업을 확장하고 있어 돈이 묶여있다 보니 급전이 필요하다고 했다. 그의 전화를 받을 때 나는 여행을 하고 있었다. 돈을 송금해줄 수 있는 상황이 못 됐다. '코인'이 말 그대로 동전 모양인지 아닌지도 몰랐던 나는, 함부로 투자하면 큰일 날 수 있다고 그의 귀에는 잔소리밖에 되지 않을 말들을 늘어놓았다.

결국 남자는 부동산 담보대출을 받아 코인에 투자했다. 그동안 사두었던 오피스텔이나 상가마다 한도까지 대출을 받아냈다. 매사에 신중하고 항상 꼼꼼하게 투자 매물을 선별하던 그답지 않았다. 초조함은 이성을 갉아먹고 객관적인 판단을 어렵게 한다. 나는 남자에게 원하는 수익률을 달성했으면 적당히 손을 떼라고 진심으로 조언했다. 남자는 이해한다는 눈빛으로 웃으며 답했다.

"이젠 부동산 말고 비트코인에만 투자하니까 섭섭하시 군요?"

남자는 내 조언을 중개사의 영업 욕심으로 받아들였다. 하긴 비트코인에 대해 기초적인 지식도 없는 내가 이미 돈 맛을 본 그를 어떻게 설득하겠는가. 투자에 한 번이라도 성공한 사람은 그 자리에서 훌훌 털고 나오기가 쉽지 않 다. 성공하면 성공한 대로, 실패하면 실패한 대로 수렁 속 에 빠져들게 된다. 모든 투자에는 어느 정도의 도박성이 깃들어 있기 때문이다.

우려와 달리 남자는 비트코인 투자를 통해 큰돈을 벌었 다. 수수했던 옷차림이 화려해졌고 차는 누구나 선망하는 외제차로 바뀌었다. 그는 상승률이 더딘 부동산에 투자한 것을 후회하는 눈치였다. 맏형뿐 아니라 다른 형제들도 자 기를 따라 비트코인 투자를 해서 짭짤한 재미를 봤다며, 나도 자신을 따라 했으면 수억 원을 벌었을 거라고 놀려댔 다. 하지만 나는 그의 투자성공을 축하하면서도 왠지 불안 한 마음을 떨쳐버릴 수 없었다.

한때, 인근 신도시가 각광받던 시기에 중개사들이 너도 나도 분양권을 사들인 적이 있다. 구입을 망설이는 사람은 바보 취급을 당했다. 나는 원체 투기 성향이 없는지라 먼 산 바라보듯 했다. 전국적으로 집값이 상승하던 시기였고, 신도시에 있는 집을 사는 게 '필승 전략'으로 회자되던 시절, 중개사들은 본인들의 승리를 의심치 않았다.

그러나 딱 1년 후, 정부의 규제가 강화되자 집값은 내리 떨어졌다. 억 단위로 상승하던 프리미엄이 추락하다 못해 분양가보다 20~30% 감액돼도 거래가 이루어지지 않았다. 가격이 오를 때는 더 오를까 봐 어떻게든 사려 하고, 내릴 때는 더 떨어질까 봐 어떻게든 팔려 하는 게 군중의 심리다. 중개사들은 희망이 없다는 판단 속에 중도금과 잔금을 맞출 여력조차 안 되자, 건설사에 계약금을 포기하겠다고 통지했다. 하지만 건설사는 1차 중도금 납입을 이유로 계약해제 요구를 거절했다.

결국 중개사들은 고액의 연체이자를 물어가며 어떻게든 잔금을 치러야 하는 상황에 놓였다. 이로 인해 경제적 상황이 심각해져 중개업계를 떠나는 중개사도 생겨났다. 당시 하락한 집값이 다시 분양가 수준으로 회복되는 데는 10년이 걸렸다. 그런 과정을 가까이서 지켜보았던 내가 투자나 투기에 더욱 신중해질 수밖에 없는 건 당연했다. 왜냐면 부동산이든 주식이든 모든 투자상품의 원리는 일맥상

통하기 때문이다.

비트코인 가격이 폭락했다는 소식이 들려왔다. 남자가 걱정되어 전화를 했더니, 다행히도 그는 폭락 직전에 비트코인을 처분했다고 한다. 나는 잘했다고, 정말 잘했다고 진심으로 칭찬을 퍼부었다. 그 전화를 마지막으로 다시 오랫동안 연락이 끊겼다.

꽤 오랜 시간이 지나고 남자에게서 문자가 왔다. 예전에 사들인 오피스텔과 토지 계약서 좀 복사해 줄 수 있느냐는 부탁이었다. 건넸던 등기권리증에 모든 계약서가 들어있을 텐데 왜 그러는지를 물었다. 알고 보니 남자는 형제들과 크게 싸우고 잠적한 지 한 달이 지났다고 한다. 비트코인을 '손절'했다던 말과 달리 그는 투자를 계속했던 모양이다. 평범한 현실에서는 서로의 손을 꼭 붙들며 살던 형제들이, 비트코인 가격의 급등으로 구름 위를 걷는 기분이 되자 서로의 손을 미련없이 놓아버린 것이다.

착한 막내가 맏형의 돈을 잘 굴려서 수익을 내는 걸 대견해하던 형제들은 어느 순간 자신들도 형의 돈을 굴리고 싶어 했다. 막내보다 더 큰돈을 벌어줄 수 있으니 자신에게 투자 관리를 맡겨달라고 떼를 부리는가 하면, 막내의 행동에 사사건건 트집을 잡기 시작했다.

그러던 중 비트코인 가격이 급락하는 상황이 발생하자, 형제들 사이에서 그대로 계속 두고 보자는 입장과 더 떨어지기 전에 빨리 팔자는 의견이 엇갈리기 시작했다. 그들은 매일 다퉜고 급기야는 10%도 안 남은 본전을 서로 챙기느라 싸움이 났다. 형제들은 손실의 책임을 막내에게 돌렸고, 혹시 그동안 따로 수익금을 빼돌린 것은 아닌지 의심했다. 갈등은 메울 수 없이 깊어져만 갔고, 결국 감금하고 구타하는 사태까지 벌어졌다. 형제들은 폭력, 상해, 절도 등의 죄명으로 서로를 고소했고, 결국 누구보다 돈독하던 관계는 남보다 못한 사이가 되고 말았다.

나는 전화기를 붙잡고 한참 동안 남자를 다독였다. 불과 몇 년 전만 해도 남자에게는 맏형에 대한 경외심과 고마움이 가득했다. 곁에서 지켜보던 나조차 부러울 정도로 그들은 서로에게 든든한 밧줄이었다. 일확천금에 대한 욕심이, 그 욕심이 쌓아올린 화려한 현실을 독차지하고 싶다는 빗나간 욕망으로 변질돼 우애 좋던 가족을 피폐하게 무너뜨린 것이다. 존경하던 맏형의 돈을 더 크게 불려주고 싶다는 선한 욕심이 없었다면 그들의 우애는 지속되었을까?

사랑도 넘치면 부작용이 생기는 것일까?

"우린 이제 가족이 아니에요. 다시 예전으로 돌아갈 수 없어요. 용서할 수도 없고요."

돈 때문에 그보다 더 소중한 것을 잃어버리게 된 그들 가족이 안타까웠다.

공인중개사로 살면서 투자에 관심을 보이는 수많은 사람들을 본다. 부동산으로 벼락부자가 되거나 벼락거지가 되는 사람들은 물론, 주식으로 평생 벌 돈을 다 벌고 직장을 그만둔 사람도 보았다. 수십억 원의 건물을 매입한 이가 있는가 하면, 수십만 원의 월세조차 감당하기 어렵게 된 이도 있었다.

어찌됐든 수익률이 높으면 '리스크'도 커진다는 사실은 변함없는 진리이다. 리스크 중에는 미리 알고 피할 수 있는 것도 있지만, 도리 없이 맞닥뜨려야 하는 것도 있다. 이런 불가항력적인 리스크는 운에 맡겨야 한다. 그래서 종잡을 수 없는 거대한 실패에 부딪쳐도 그것으로부터 자신의 삶을 지킬 수 있는 배짱 혹은 신념이 있어야 한다. 그러나 대개의 사람들은 '돈맛'을 보고 나면 돈 이외에는 아무것도 보지 못한다. 그래서 자신의 인생을 운에 맡기며 등락폭에 따라 일희일비하는 종속적인 삶으로 빠져들게 된다.

물론 나도 사람이다 보니 가깝게 지내던 누군가가 큰돈을 벌었다고 하면 아랫배가 슬그머니 아파오기도 한다. 하지만 나는 내가 인생을 운에 맡겨둘 만큼 통이 크지 않다는 사실을 잘 알고 있다. 그래서 인생을 바꿀 수 있을 만큼의 돈이 아니라, 인생을 지킬 수 있을 만큼의 돈만 벌기로 마음먹었다. 그 덕에 지금까지도 가족이나 형제 그리고 이웃들과 변함없이 소소한 행복을 주고받으며 살고 있다.

사무실로 출근하는 길, 아침부터 복권방 앞에는 사람들이 줄을 서서 복권을 사고 있다. 나는 사람들을 피해가며 걸음을 재촉한다. 내 인생을 바꿀 '로또'는 저기서 살 수 없다. '욕심이 부르는 유혹에 빠지지 않고 소박한 행복을 지켜가는 것.' 이것이 내 마음속 안주머니에 고이 접어둔 또 다른 복권이다.

배가 너무 고프다는 말

살면서 수많은 사람들과 만나고 헤어진다. 인정하고 싶진
않지만, 우리는 그렇게 만나는 사람들이 항상 진실만을 말
하지는 않는다는 것을 알고 있다. 살아가다 보면 선의든 악
의든 여러 종류의 거짓과 쉴 새 없이 마주치기 때문이다.

　개업공인중개사로 살면서 거짓말의 현장을 더 자주 목
격한다. 하자가 없다는 집에 방문해 보니 실은 집을 소개
해 주기가 민망할 만큼 문제가 많다든가, 방을 소개해 주
었더니 중개보수가 아까워 중개사 몰래 집주인과 직접 계
약을 체결해 버리는 등 다양한 사람들의 다양한 거짓말에
중독되고 있다. 숱한 거짓말을 들었음에도 거짓말을 판별

하는 축 같은 건 생기지 않았다.

　너무나 일상적이고 평온했던 어느날 오후, 다소 나른하던 차에 한 남자의 전화를 받았다.

"빌라를 팔고 싶은데요."

　남자가 내놓은 빌라는 원거리 시골마을의 외진 곳에 있었다. 그는 본가가 우리 중개사무소 근처여서 오가며 나를 자주 보았다고 했다. 지번을 받아서 위치를 살펴보니 차로 30분 정도 되는 거리에 있었다. 다소 거리감이 있었지만 그래도 일부러 우리 중개사무소에 연락해준 것을 감사하게 생각하며 의뢰를 접수했다.

　외진 곳에 있는 오래된 빌라를 팔기란 쉽지 않다. 물건 장부에 올려놓고 나름대로 광고도 했는데 역시나 빌라를 보러 오겠다는 이는 거의 없었다. 그렇게 시간만 속절없이 지나가고 있는데, 다시 남자에게 전화가 왔다. 그는 집을 보겠다는 사람은 없는지, 언제쯤 빌라를 팔 수 있는지 등을 물었다. 그러고는 잠깐 뜸을 들이더니 물기 어린 목소리로 말했다.

"사실 제가 몸을 다쳐서 치료받느라 오랫동안 일을 못했어요……. 쌀이 떨어진 지도 꽤 됐는데 라면 하나 살 돈이 없네요."

다소 당황스러운 고백이었다.

"그래서 빌라를 빨리 처분하려고요. 빌라를 판 돈으로 병원비도 충당하고 생활비로도 써야 해요."

사연 없는 사람 없고, 사연 없는 집도 없다. 한 사람에게 걸어온 시간만큼의 추억이 쌓이듯이, 집 역시 그곳을 거쳐 간 이들의 사연이 녹아들어 있다. 그렇더라도 이건 좀 빡빡한데…… 무슨 말을 어떻게 해야 할지 곤란하던 찰나, 남자가 다시 입을 열었다.

"배가 너무 고프네요……."

가족이나 친구, 지인이 아닌 누군가에게서 "배가 너무 고프다"란 말을 들어본 적이 있던가. 사 두고 먹지 않고, 먹다가 남기고, 맛없어서 음식을 버리는 일이 너무 흔한 세상에서 "배가 고프다"라는 말의 울림은 생각보다 컸다.

정신을 차려 보니 나는 컵라면 두 박스와 함께 남자의 집 앞에 도착해 있었다. 괜한 오지랖은 아닌지, 혹 남자가 적선하는 거냐며 화를 내지는 않을지 걱정되었다. 그래도 기왕 온 거니 용기를 내 남자에게 전화를 걸었다.

"컵라면을 사왔는데 몸이 불편하실 테니 제가 댁으로 방문할게요."

"아니에요. 제가 지금 나가겠습니다."

통화가 끝나고 잠시 뒤, 60대 후반으로 보이는 남자가 빌라 입구로 나왔다. 많이 다치진 않았을까 걱정했는데 겉보기엔 상태가 심각해 보이지 않았다. 남자가 꾸벅 인사를 했고 나는 컵라면 박스를 남자에게 건넸다.

"우선 라면이라도 드시고 계세요……. 최대한 빨리 팔아볼 테니 너무 걱정하지 마세요."

"감사합니다…… 정말 감사합니다……."

나는 빌라를 처분하기 위해 더욱 노력했다. 광고도 다시 내고, 비슷한 매물을 찾는 사람들에게 그 빌라를 가장 먼저 소개했다. 그러나 여전히 빌라를 보고 싶다는 손님은 없었다. 하긴, 그 동네의 빌라를 찾는 손님은 그 동네에 있는 부동산으로 갔겠지. 중개사들이 매물을 공유하는 공동 망으로 그 빌라를 검색해 보았다. 그쪽 동네의 부동산은 방문하지 않았던 걸까? 같은 층의 유사한 가격대 매물은 보이지 않았다. 끼니도 거를 정도로 궁박한 상황인데 왜 동네 부동산에는 내놓지 않았을까?

보름 정도가 지났을까, 또다시 남자가 전화를 했다.

"아직 집 보러 오는 사람은 없나요?"

"네……. 동네가 다르다 보니 찾는 손님이 없으시네요."

잠깐 침묵이 이어지고 남자가 입을 열었다.

"컵라면이 다 떨어졌어요."

"네?"

"라면만 먹었더니…… 속이 불편하네요. 하하……."

정말 내가 준 라면만으로 끼니를 이어갔던 걸까. 어느새 나는 또 그를 걱정하고 있었다.

전화를 끊고, 이번에는 쌀을 사서 빌라로 가져다주었다. 그는 지난번 방문 때와 같은 모습이었다. 동행한 동료 공인중개사가 블로그에 사진을 올리면 매물이 더 빨리 팔릴 수 있다, 내부 사진을 촬영해도 괜찮겠느냐고 물었다. 그는 잠깐 생각하더니 몸이 안 좋아 집을 정리하지 못했다며 다음에 찍어달라고 말했다.

며칠 뒤, 남자의 빌라 인근에 위치한 중개사무소에서 전화가 왔다. 동네 주민이 그 빌라를 찾는데, 확실히 매매할 수 있느냐고 물었다. 그리고 반드시 구매할 분이니 집을 언제 볼 수 있는지도 알아봐 달라고 했다. 구매가 가능한지 재차 확인하던 중개사가 의아해하며 물었다.

"이 동네 물건을 왜 거기에다 내놓았을까요? 잘 아는

분이신가요?"

나는 그렇지는 않다고, 다만 사소한 인연이 있다고 말하고는 전화를 끊었다. 드디어 남자가 곤궁한 생활로부터 약간은 벗어날 수 있겠구나, 하는 생각에 안도감이 들었다. 서둘러 그에게 전화를 걸었다. 그가 전화를 받자마자 집볼 사람이 있으니 언제 집을 보여줄 수 있는지를 물었다.

달뜬 목소리로 물었지만 남자의 반응은 의외로 덤덤했다. 머뭇머뭇하더니 집을 팔면 당장 이사 갈 데가 없다며 매매를 보류해야겠다고 말했다. 바로 며칠 전까지만 해도 빨리 팔아달라더니……. 일단 알겠다며 전화를 끊으려던 찰나 남자가 말했다.

"그런데요, 쌀이 다 떨어졌어요. 물론 컵라면도 없고요."

문득 '이게 뭐지?' 하는 생각이 들었다. 왜 집 이야기는 안 하고 음식 이야기만 하는 것일까. 나는 사회복지사가 아니고 공인중개사인데 말이다. 뭔가 이상한 느낌이 들었지만, 물건을 찾던 중개사한테 전화를 걸어 상황을 설명했다.

"죄송해요. 당장 거래는 어려울 것 같네요."

"혹시 203호인가요? 라면 떨어졌다는 아저씨?"

"그걸 어떻게 아세요?"

중개사는 잠깐 뜸을 들이더니 말했다.

"순진하시네요……."

한 달쯤 지난 어느 날, 우연히 여자와 팔짱을 낀 채 쇼핑백을 들고 걷던 그를 발견했다. 눈이 마주치자마자 남자는 당황해하더니 재빨리 고개를 돌리고 횡단보도를 건넜다. 그 후로는 쌀이나 컵라면이 떨어졌다는 전화를 받지 못했다. 돌이켜 보면 그는 본가를 오가느라 나를 자주 보았다는데, 나는 그를 한 번도 본 적이 없다. 정말 그의 본가가 내 사무소 주변이 맞을까? 그는 지금은 어느 중개사에게 라면을 조달받고 있을까.

당시에는 오죽하면 그랬겠느냐는 생각과 어떻게 그럴 수 있을까란 생각이 머릿속을 오고 갔다. 어디까지가 거짓말이고 어디까지가 진실인지도 궁금했다. 그러나 지금은 내가 살면서 들어왔던 수많은 거짓말 중 가장 인상 깊었던 거짓말로 기억하고 있다. 덕분에 인생 공부를 한 가지 더 할 수 있었다고, 그러니 다행이라고 위안 삼고 있다.

따뜻한 나라, 따뜻한 마음

중년의 남성이 중학생쯤으로 보이는 여자의 손을 잡고 중개사무소를 찾았다. 남자는 낮은 보증금으로 들어갈 수 있는 방을 구하고 있었다. 나는 조건이 맞는 몇 가지 매물을 보여주었고, 그는 그중 채광이 가장 좋았던 방을 계약하고 싶다고 말했다. 계약을 결정하고 우리는 임대인이 오기를 함께 기다렸다.

눈 오는 겨울밤, 두 사람은 별말 없이 앞에 놓여있는 전기난로에 시선을 고정하고 있었다. 나는 뭐라도 대접해야겠다 싶어 커피믹스 두 봉지를 종이컵에 부었다. 그러다 분홍색 패딩 점퍼를 입고 있는 여자아이와 눈이 마주쳤고,

'아차' 싶어 코코아 가루를 꺼냈다.

나는 종이컵에 담긴 코코아를 건네며 여자아이에게 말했다.

"얘, 밥은 먹었니?"

갑작스러운 질문이었을까. 유난히 피부가 까무잡잡하던 여자아이는 눈을 크게 뜨고 나를 빤히 쳐다보았다. 그러고선 뒤늦게야 질문의 뜻을 알았다는 듯 고개를 끄덕거렸다. 나이답지 않게 차분해 보이는 아이의 눈이 크고 맑았다. 그때, 옆에 있던 남성이 헛기침을 하더니 머쓱하다는 듯 웃으며 말했다.

"제 집사람이에요……."

아이라고 철썩 같이 믿었던 여자는 '마이'라는 이름의 20대 초반 여성이었다. 유난히 맑았던 눈이 이국적이라고 생각했는데, 베트남에서 이곳까지 먼 길을 건너왔더란다. 그녀는 이제 막 3개월이 지난 아이까지 있는 애기 엄마였고, 민망해진 나는 자리에서 일어나 다시 질문했다.

"커피 괜찮아요……?"

몇 번의 겨울이 다시 찾아왔고 '이불킥'의 순간이 가물가물해질 때쯤 마이의 남편이 중개사무소를 방문했다. 늦은 밤 급하게 보증금 적은 월셋집을 구하던 그는 이제 집을 사고 싶다고 말했다. 우리는 함께 아파트 몇 곳을 보았고, 남자는 이번에도 햇볕이 가장 잘 드는 집을 선택했다.

계약서를 작성하는 날, 마이가 왔다. 여전히 앳되고 깡마른 모습의 마이는, 목에 손바닥만 한 반창고를 붙이고 있었다. 머리를 틀어 올려 핀으로 고정하고 팔짱을 끼고 있는 그녀의 모습은, 몇 년 전과는 달리 어른스러운 분위기를 풍겼다. 차가 막혀 늦을 것 같다는 매도인을 기다리는데 남편이 입을 열었다.

"공장이나 식당에서는 베트남 여자들을 좋아해요. 야무지고 생활력이 강하잖아요. 집사람도 손이 빨라서 남들보다 두 사람 몫을 해요. 하루도 쉬지 않고 일을 하는데, 일이 끝나면 집에 와서 베트남으로 돌아가고 싶다고 울어요."

마이는 아이의 독감접종을 위해 병원에 갔다가 자신이 갑상선암에 걸렸다는 걸 알았다. 그녀는 수술을 받았고, 암에 걸린 어린 아내의 손등을 쓰다듬던 남편은 "베트남으로 데려다줄까?"라고 물었다. 마이는 큰 눈을 몇 번 끔뻑이더니 고개를 저었다.

베트남에서는 암에 걸려도 치료받기 위해서는 몇 달을

기다려야 한다. 병원은 언제나 대기 서류가 산더미이고, 의사에게 뒷돈이라도 챙겨줘야 순위가 조금 앞당겨진다고 했다. 보험처리를 한다고 말하면 또 다시 서류가 뒤로 밀리기에 돈이 없으면 수술은 물론 진찰조차 받기 힘들다.

마이는 자신의 치료도 중요하지만, 무엇보다 아이를 더 좋은 환경에서 살게 하고 싶다는 마음이 커서 그리운 고향 대신 차가운 이 땅에 정을 붙이겠다고 마음먹었다고 한다.

"사는 게 너무 힘들었어요. 나이가 많은 남편이 떠나가 버리면 혼자 아이를 데리고 어떻게 살아야 할지 걱정했어요. 그래서 베트남으로 돌아가고 싶었는데, 아프고 나니까 아이를 위해서도 한국에서 사는 게 낫다는 생각이 들었어요."

공인중개사로 살면서 다문화가족 고객들을 많이 만났다. 행복해 보이는 가족도 있었지만 그늘이 져있는 가족도 많았다. 국경과 문화를 넘어 새로운 가정을 꾸린다는 것이 쉬운 일은 아닐 테지만, 불행하게도 한국의 다문화가족은 감수해야 할 게 너무나 많다. 그중 가장 큰 문제는 경제적 어려움이다.

언젠가 다른 나라에서 온 여성이 사무소를 찾아와 다짜

고짜 살고 있는 집이 월세인지 전세인지를 물은 적이 있다. 그 집은 월셋집이었는데, 계약자는 남성이었다. 공인중개사는 고객과의 계약 내용에 관한 '비밀 준수 의무'가 있다. 계약 당사자가 아니라면 아무리 가족이라도 계약 내용을 공개할 수 없다. 여성은 울먹이면서 말했다.

"시집 올 때 필리핀에 돈 준다고 했어요. 집도 비싼 전셋집이라 했어요. 그런데 필리핀에 돈 주지 않아요. 돈 없대요. 전세라고 한 것도 거짓말이면 슬퍼요. 전센지 월센지 알려주세요."

마음이 아팠지만 내가 할 수 있는 말은 정해져 있었다.

"남편분한테 가서 물어보세요. 저도 모든 계약 내용을 기억하지는 못해요. 그러니까 남편분한테 물어보고 남편이 하는 말을 믿으세요."

언젠가 점심을 먹으러 갔다가 홀 서빙을 하는 그녀와 마주친 적이 있다. 밤낮을 모르는 듯, 그녀들은 대한민국 곳곳에서 분주하고 고단한 역할을 도맡고 있다. 한국에서 꾸린 자신의 가정뿐 아니라 멀리 떨어진 친정집의 생활비를 보태기 위해 그녀들은 게으를 틈이 없다.

국제결혼은 일정 시기에 일정 금액을 아내의 본국으로 송금하는 것을 조건으로 이루어지는 경우가 많다. 그렇기에 남편의 경제적인 상황이 좋지 않으면 필연적으로 갈등이 생기고, 쉽게 가정이 깨지기도 한다. 태생적으로 포함돼 있던 가정에 대한 숙명적인 책임감, 절대적인 의무감이 그녀들의 가냘픈 어깨 위에 얹혀있다. 수많은 '마이'들에게는 자신들만 바라보는 가족이 있다. 그 무게를 어떻게 평생토록 견딜 수 있을까.

그녀들이 언제쯤 어깨 위의 짐을 내려놓고 가뿐한 인생을 살아갈 수 있을지는 알 수 없다. 버스나 지하철을 탈 때 훑어보는 눈빛, 조소 어린 표정, 남편의 거짓말과 같은 받아들이기 힘든 고통이 그녀들을 더욱 힘들게 할지도 모른다. 하지만 마이에게는 마음 따뜻한 남편이 있다. 자신의 어깨에 기대 잠든 마이가 깰까 봐 화장실도 가지 못하는 남편의 모습에서, 그녀가 오랫동안 무거운 짐을 홀로 짊어지지는 않으리란 느낌을 받았다. 집을 보러 다닐 때 내부에 햇볕이 잘 드는지부터 확인하던 그에게 물어본 적이 있다.

"채광을 중요하게 생각하시나 봐요?"

"추울까 봐요."

"네?"

"아내가요, 아내가 추워할까 봐서요. 따뜻한 나라에서

왔잖아요."

차가운 시선이 넘나드는 낯선 나라일지라도 이러한 남편이 있다는 사실만으로 마이의 옷차림은 한결 가벼워졌을 것이다.

당신의 잘못이 아닙니다

"왜 안 들어오고 저러시지?"

사무소에서 같이 일하는 공인중개사가 창밖을 보며 중얼거렸다. 어떤 할아버지가 사무소 근처를 기웃거리는 게 이상하단다. 바로 그때, 할아버지와 눈이 마주쳤다. 많이 노쇠해지셨지만 한눈에 알아볼 수 있었다. 몇 년 전 이사 나가신 김 영감님이다.

"중개사 선생, 나 기억해요?"

"물론이죠. 왜 안 들어오고 계셨어요. 어서 들어오세요."

김 영감님을 처음 뵌 건 오래전이다. 젊은 여성이 시부모님이 들어와 살 집을 전세로 계약한 날, 김 영감님은 여성의 뒤에서 서성이고 계셨다. 돌아가신 우리 아버지와 너무나 닮은 모습에 눈을 떼지 못했던 기억이 난다.

내 마음 한편엔 갑작스럽게 떠난 아버지에 대한 그리움이 남아있다. 그래서일까. '아버지가 살아계셨으면 지금쯤 저 연세가 되셨겠지'라고 생각되는 어르신을 뵈면 마음이 먹먹해진다. 이후로 김 영감님 내외분이 사무소 앞을 지나가시면 음료수 두 병을 꺼내 들고 쫓아나갔다. 김 영감님은 방실방실 웃는 얼굴로 대해주셨다. 나도 영감님을 만나면 좋았다.

전세계약 기간이 끝날 무렵 임대인이 집을 팔고 싶어 했고, 이사 다니는 게 싫었던 김 영감님은 그 집을 구매하고 싶어 하셨다. 몇 년 전 동행했던 젊은 여성, 김 영감님의 며느리가 매매가를 조정해 달라고 연락해 왔다. 그렇게 매매계약이 체결됐다. 계약 당일 날, 영감님은 그 어떤 때보다 얼굴이 환했다. 아들의 사업이 실패하고 도시 외곽의 전셋집에 들어오면서 상실감이 크셨는데, 다시 집을 장만했으니 여기서 오래오래 살고 싶다고 말씀하셨다. 그 모습을 보니 나도 기뻤다.

며느리가 은행대출을 받고자 대출상담사를 연결해 달라 했고, 대출상담사와 며느리 그리고 김 영감님이 함께 사무소에 방문해 대출신청을 했다. 대출상담사가 설명하는 내용을 들으니 담보대출을 한도까지 받는 듯했다. '전세금도 있는데 대출을 너무 많이 받으시네' 하는 생각을 잠깐 했던 기억이 난다. 잔금 및 소유권 이전 등기가 진행되었고 모든 일은 며느리가 처리했다.

계절이 몇 번 바뀌고 김 영감님의 아내분이 근심 가득한 표정으로 사무소를 방문하셨다.

"우리 며느리가 그때 대출 얼마나 받았어?"

"대출 가능한 금액 한도까지 받으셨잖아요. 영감님도 옆에 앉아 듣고 서명하셨는데……."

할머니는 바닥에 털썩 주저앉으셨다.

"대출을 왜 그렇게 많이 받아서…… 우린 늙은이들이라 얼마나 받는지 제대로 몰랐어. 그리고 많이 받았으면 우리한테 줘야지, 왜 자기들이 다 가져가냐고!"

알고 보니 며느리가 잔금을 치르고 남은 돈을 다 가져갔다고 한다. 사업자금에 보탠 모양인데 이자를 못 내는지 은행에서 계속 독촉장이 날아온다고 했다. 할머니는 집을 팔아달라고, 은행이자가 연체돼서 경매에 넘어갈 지경이라며 울먹이셨다. 김 영감님은 화병이 나셨는지 누워만 계신다고 했다. 며느리 역시 내게 전화해서 집을 급히 처분해 달라고 했다. 급매로 내놓으니 곧바로 매수인이 나타났고 매매계약이 진행됐다.

계약 당일, 며느리와 김 영감님이 함께 방문했다. 말 한 마디 없이 굳은 표정의 김 영감님은 몹시 수척해 보였다. 매수인은 집을 사서 전세로 놓고 이후에 아들 내외를 입주시킬 계획이었다. 며칠 후 전세를 본 손님이 계약을 하려 하는데 영감님이 달려오셨다.

"나 어디로 나가라는 거야! 우리 두 노인네 그냥 여기서 살게 해줘. 중개사 선생이 돈 벌어먹겠다고 그러면 안 되지. 집 산 사람한테 우리 여기서 계속 살게 해달라고 말해줘."

그러나 그건 불가능한 일이다. 김 영감님은 이 집을 살 때 융자금을 많이 받은 상태라 은행에 상환하고 나면 월셋집을 구해 나가야 하는 상황이었다. 매수인에게 월세로 계약할 수 없겠느냐고 여러 번 설득했으나 그는 전세계약만 고집했다. 며느리한테 전화해서 어르신들이 전세로 살도록 할 수는 없냐고 물었더니 이미 외딴 곳에 월셋집을 구했다고 했다. 급기야 김 영감님은 내게 화를 내셨다.

"딸같이 생각했는데…… 우리 애들이 대출금 많이 뽑아가는 것도 미리 말 안 해주고! 우리가 여기 계속 살게도 안 해주고! 새로운 사람이랑 전세계약을 해야 복비를 많이 받으니까 그러는 거지? 사람이 그러면 못써."

아무리 설명해도 김 영감님은 노여움을 풀지 않으셨고, 지나가실 때 음료수를 들고 나가도 매몰차게 뿌리치셨다. 이사 날에는 사무소 안에 들어오지도 않으셨다. 할머니는 남편이 자식들한테 섭섭한 마음으로 괜한 오기를 부리는 거니 마음 쓰지 말라고 하셨다. 잔금을 치른 후에 식사라도 하시라며 영감님께 봉투를 내밀었지만 휙 내던지고 가버리셨다. 할머니가 봉투를 주워 가시면서 "내가 가서 전해드릴게…… 너무 섭섭해하지 말어……"라고 말하셨다.

그런 일이 있은 후 몇 년 만에 김 영감님이 다시 나를 찾아오신 것이다. 마지막 인사도 없이 불편한 상황에서 헤어져 그동안 마음에 걸렸는데 다시 찾아와 주시니 너무나 반가웠다.

"이 동네에는 어쩐 일이세요?"

"지나가다 들렀어."

"할머님은 왜 같이 안 오시고요?"

"어제가 사십구재였어. 당뇨가 있었잖아."

순간 김 영감님의 입가가 떨리는 듯하더니 이어 말씀하셨다.

"나 적적해서 못 살겠어. 살던 집에서 집사람이 그렇게 떠나버리니…… 거기로 이사한 뒤부터 집사람이 시름시름 앓더라고. 여기서 살 때가 좋았어. 그때 다시 집 샀다고 좋아하고, 살맛이 나서 건강해지는가 싶었는데……."

사무실로 찾아와 대출금액을 확인하더니 그 자리에 풀썩 주저앉던 할머니가 떠올랐다.

"망할 것들! 생전 들여다보지도 않아. 나한테 중개사 선생 같은 딸 하나만 있었어도……. 다시 여기로 이사할 수는 없을까? 방 한 칸짜리라도 좋아, 우리 며느리한테 얘기해서 나 여기로 이사 오게 좀 해줘!"

김 영감님은 며느리한테 연락해서 이곳으로 이사 오게 해달라고 재차 당부했다. 힘겹게 몸을 일으키시고는 비척비척 걸어가시는 모습이 안쓰러웠다. 원래 걸음걸이가 저렇게 힘이 없으셨나……. 반기는 이 없는 세상 속으로 걸어가는 모습이 살아오신 세월만큼이나 고단해 보였다.

김 영감님의 세대는 부모를 몸 바쳐 봉양하고 자식을 위해 전부를 내준 세대다. 어느 쪽에 대한 노력도 희생이라 생각하지 않고 당연한 도리로 받아들였다. 그렇게 몸 바쳐 살다가 어느 날, 구부정해진 허리를 두드리며 고개를 드니 부모를 봉양한다는 개념이 점차 사라지고 있었다. 부모는 자녀의 성공을 위해 헌신하고, 자식은 그런 부모를 노후까지 봉양하던 상부상조 공식이 어느 순간 허물어진 것이다. 그들은 위로도 책임을 다하고, 아래로도 책임을 다한 마지막 세대가 되었다.

저성장과 고령화의 그늘에서 힘들여 키운 자식이 경제적으로 독립하지 못한 채, 다시 부모의 노후자금까지 손대는 일이 심심찮게 생겨나고 있다. 자식이 부모를 봉양해 주기를 바라기는 어렵고, 나아가 늙은 부모가 다 큰 자녀를 평생 뒷바라지해야 하는 처지가 된 것이다.

'우리 며느리한테 말해서 나 여기로 이사 오게 좀 해줘! 꼭 그렇게 좀 해줘…….'

김 영감님이 간절하게 부탁하시던 그날, 내가 할 수 있는 행동이라곤 그저 영감님의 마른 손을 꼭 붙잡아 드리는 것뿐이었다. 삶을 터전을 중개해 준 인연을 가족과 가족의 마음까지 중개해 주길 바라는 이들을 간혹 만난다. 가끔 나도 그러고 싶은 충동을 느낀다. 하지만 그러면 안 된다는 것을, 그럴 수 없다는 것을 너무도 잘 알고 있다.

나는 결국 김 영감님의 마지막 부탁을 들어드리지 못했다. 어쩔 수 없다는 걸 알면서도, 아무것도 할 수 없는 내가 너무 무능한 중개사인 것 같아 가슴이 먹먹했다.

이상한 나라의 임대인과 임차인

주택 전월세 시장은 수요 공급량에 따라 등락을 반복한다. 전세가가 매매가에 육박하는 시기에 전세를 찾으러 온 손님이 "이 집은 안전할까요?"라고 물으면 "100% 안전한 전세는 없다"고 말한다. 요즘은 안심전세대출(임대차계약 만료 시 전세보증금을 안전하게 반환해서 대출금을 상환할 수 있게 만든 상품)이나 전세보증금 반환보증제도가 있어서 다행이지만, 몇 년 전까지만 해도 대항력(보증금을 안전하게 반환받을 수 있는 권리)을 갖춘 경우 외에는, 시장 상황에 따라 보증금을 제때 반환받지 못하는 임차인들이 많았다.

보증금을 제대로 돌려받지 못하고 쫓겨나게 되는 임차

인은 임대인에게 별도로 민사소송 등을 통해 미반환 보증금을 청구해야 한다. 하지만 집을 경매로 넘긴 임대인에게 보증금을 반환할 여력이 있을 리가 없다. 결국 임차인과 임대인은 채무자와 채권자, 피해자와 가해자가 되어 악연을 이어가게 된다. 이렇게 극한으로 치달을 수밖에 없는 관계도 경우에 따라 소중한 인연으로 승화되기도 한다.

미루고 미뤄온 전세계약이 있었다. 전세 물건을 내놓은 남자는 몇 년 전, 인근 아파트에 공동중개로 전세계약을 체결해 준 임차인이었다. 당시 그 집은 선순위 융자금이 많아 전세보증금이 시세보다 저렴했다. 선순위 근저당권과 보증금의 합계액이 해당 매물 시세의 70%가 넘어가면 소위 '깡통전세'의 위험이 있어 계약을 권하지 않는다. 그러나 배부른 아내의 손을 잡고 온 어린 신랑은 융자금이 많아 위험하다는 나의 만류에도 불구하고, 당장 돈이 없으니 그 집이라도 들어가게 해달라고 졸랐다. 사실 집조차 보여주지 않으려고 했는데, 가지고 있는 자금을 이야기하며 부탁하는 바람에 어쩔 수 없이 안내했다. 망설이고 망설이다 계약을 진행했던 기억이 생생하다.

안 좋은 예감은 빗나가는 법이 없다. 아니나 다를까, 이

후 집값이 하락하자 부도난 임대인이 백기를 들어버렸다. 은행이자가 연체되자 은행에서는 즉시 연체 사실과 함께 강제 경매를 실행한다는 예고장을 발송했다. 놀란 임차인은 나에게 자주 전화를 걸어 어떻게 대처해야 하는지를 물었고, 그때마다 나는 부채감에 괴로웠다. 그러나 임차인은 한 번도 내게 원망이나 서운함을 드러내지 않았다. 오히려 계약 당시 리스크를 설명해 주며 자신을 만류했던 걸 고마워했다.

"중개사님 말씀이 맞았어요. 혹시 이렇게 될까 봐 걱정하며 말리셨는데, 제가 고집을 부려서 이렇게 부담을 드리네요. 그래도 당시 우리 조건에선 이 집을 선택할 수밖에 없었어요."

이후 무수한 손님과 계약들 사이에 파묻혀 살았지만, 나는 남자를 처음 만난 그날의 기억에서 자유롭지 못했다. 임장활동을 나가거나 주변을 지나칠 때는 어김없이 가슴 한편이 아렸다. 그 부부는 어떻게 되었을까? 집이 경매에 넘어가 결국 쫓겨나고 말았을까?

그러던 어느 날, 임차인이 찾아왔다. 어린 신랑은 어느새 두 아이의 아빠가 되어있었다. 그는 이사를 가게 되었으니 새 전세계약자를 구해달라고 했다. 전셋집이 경매에 넘어가 돈 한 푼 못 받고 온 가족이 쫓겨나는 건 아닐까 걱정했는데, 염려와 달리 남자의 얼굴은 밝기만 했다. 임차인은 경제적인 어려움에 처한 임대인을 위해 수년째 은행이자의 절반을 내고 있다고 했다. 임차인이 먼저 "절반의 이자를 부담할 테니 제발 이 집을 포기하지 말아주세요"라고 부탁하자, 임대인은 그 마음에 감동해 나머지 절반의 이자를 어떻게든 마련했단다. 덕분에 아직까지 압류조치나 강제경매는 실행되지 않았다고 한다.

남자는 열심히 일해 새 아파트를 분양받았다. 새 집에 입주하게 돼서 살고 있던 집의 전세보증금을 반환받아야 하는데, 임대인은 아직 보증금을 반환해 줄 여력이 되지 않았다. 그래서 새로운 전세계약자를 찾고자 나를 찾아온 것이다.

하지만 현재로선 융자금이 많아 전세계약을 하기가 쉽지 않은 상황이었다. 그래서 남자는 본인이 융자금의 일부를 상환해 주는 조건으로 전세를 놓을 것이고, 새로 입주하는 임차인의 안전을 위해 이사 후에도 절반의 은행이자는 책임지고 납부할 거라고 했다.

예상하지 못했던 전개에 당황스러웠다. 나는 왜 그렇게까지 하느냐고 물었다. 남자는 아직은 집을 임대인 명의로 두고 있지만, 일정한 기간이 지나면 시세차액을 계산해 주고 소유권을 넘겨받을 계획이라고 했다. 그러므로 새 임차인의 안전 역시 걱정하지 않아도 된다는 말을 덧붙였다.

나는 내 귀를 의심했다. 그간 깡통전세가 되어 임차인이 울며 겨자 먹기로 집을 인수하거나 강제로 경매에 넘어가 임차인이 길거리로 나앉는 경우는 여럿 보았다. 하지만 임차인이 임대인의 이자를 대신 부담하는 경우는 처음이었다. 시간이 지나고 전세를 계약하려는 사람이 나타났음에도 나는 계약을 진행할 수가 없었다.

우선 잔금을 치르는 날짜에 정말로 융자금의 일부가 상환될 수 있을지가 의심스러웠다. 남자가 거주하고 있을 때야 이자를 대신 부담해 왔다지만, 보증금을 반환받고 이사를 나간 후 이제는 엄연히 제삼자에 불과한 그가 은행이자의 절반을 낸다는 말도 쉽게 받아들일 수 없었다. 또한 경제적 어려움에 처해있다던 임대인이 이자를 계속 잘 낼 수 있을지도 불투명했다. 둘 중 누구라도 실익이 없다고 판단해서 약속을 저버리면 새로운 임차인 역시 곤궁에 빠지게 된다. 나는 공인중개사다. 또 다른 피해자가 생길 가능성이 있는 계약을 쉽게 진행할 수는 없다.

나는 몇 날 며칠을 고민 속에서 허우적댔다. 그러다가

결국 양방의 재촉으로 계약을 진행하게 되었다. 임대인과 임차인 그리고 새로운 계약자를 앞에 두고 나는 마음을 다 잡았다. 계약서의 특약사항을 최대한 상세히 기술하고 여차하면 '판을 깨기로' 마음먹었다.

그러나 몇 시간 후 상황이 달라졌다.

"이 집은 제 집이 아닙니다. 명의만 제 이름일 뿐 임차인분의 집이에요. 오래전에 포기했는데 젊은 분들 호의가 고마워서 유지해 온 거예요. 한때 전부 포기하고 주저앉고 싶을 때가 있었죠. 그래도 이자의 절반을 내기로 한 약속을 지키려고 죽어라 일하다 보니 조금씩 돈도 모이고, 형편도 나아졌네요."

임대인은 그동안 임차인에게 이자를 부담하게 한 것이 너무 미안해서 이자를 변제한 후 집의 소유권을 넘겨주겠다는 진정성을 보였다. 임차인 역시 임대인이 포기하지 않아준 것만으로도 고마우니 보답하겠다며 본인 회사에 입사할 것을 권유했다.

임대인은 깡통주택인 이 집을 포기하고 제 살길이나 찾으라는 주변의 권유에도 불구하고, 임차인과의 약속을 지키고자 힘든 노동으로 근근이 버텨온 사실을 털어놓았다.

임차인 역시 불안정한 직장을 전전하다 몇 번의 좌절을 겪고, 회사의 대표가 된 이야기를 털어놓았다.

두 사람의 이야기를 들으면 들을수록 나는 그 자리에서 벗어나고 싶었다. 사고에 휘말릴 것을 염려해 계약을 미뤄 왔던 시간들이 부끄러워졌다. 그들이 겪었을 마음고생과 그럼에도 다잡은 굳은 결심을 살피지 못하고, 오히려 나를 믿고 중개를 의뢰한 그들에게서 한발 물러서려 한 내가 비겁하게 느껴졌다.

두 사람의 진정성을 의심한 나의 속마음을 알 리 없는 그들은, 내게 자신들을 믿고 기다려줘서 고맙다는 말을 전했다. 심지어 중개사님이 임대인과 임차인이라는 좋은 인연으로 맺어줘서 이 자리까지 올 수 있었다며 거듭 감사해했다.

스무 해 가까이 공인중개사로 살아왔건만, 나는 임대인과 임차인의 관계가 고통을 분담하며 신뢰를 지켜갈 수 있는 사이라고는 생각해 보지 못했다. 나는 이 사실을 뒤늦게나마 깨닫게 되었지만, 아직도 이 사회에는 그걸 알지 못하는 사람들이 너무나 많다.

계약 후 한동안, 의뢰인을 믿지 못해 계약서 작성을 미뤄

온 내가 과연 공인중개사로서 자격이 있는가라는 자책에 빠져 살았다. 그리고 첫 계약을 중개한 직후부터, 그들과 한배를 탄 심정으로 문제를 해결하기 위해 적극적으로 노력했어야 하는 건 아니었는지 스스로를 돌아보게 되었다.

먼저 배려하고 양보하는 일은 쉽지 않다. 약간의 손해를 감수하는 일에도 사람들은 막대한 손해를 입은 것처럼 과장되게 분노한다. 특히나 거의 전 재산이 달렸다고도 볼 수 있는 부동산 거래계약에서는 더욱 그렇다. 그러한 거래에서도 먼저 손을 내미는 일이 얼마든지 가능하다는 사실, 누군가 먼저 마음을 열면 힘든 과정이 좀 더 쉽게 극복되고 아름답게 마무리 지을 수 있다는 사실도 알게 됐다.

굳건한 신뢰와 약속으로 다져진 그들 덕분에 '관계'에 임하는 자세에 대해 성찰하게 되었으니, 나 역시도 이 계약의 수혜자인 셈이다. 이들을 만나고 연결해 줄 수 있는 공인중개사로 살고 있다는 사실이 새삼 뿌듯하게 느껴졌다.

얼마 후, 임대인은 임차인에게 집의 소유권을 넘겨주었고 극구 사양하는 임대인에게 임차인은 매매잔금을 송금했다.

공인중개사를 평가하는 그 남자의 기준

생텍쥐페리의 소설 《어린왕자》에 등장하는 여우는 어린 왕자에게 "만약 네가 4시에 온다면 나는 3시부터 행복할 거야"라고 말한다. 한 남자의 방문을 앞둔 내 심정이 그랬다. 뭐, 비록 그 감정이 '행복'과는 너무 달라서 문제지만.

밥을 먹는 둥 마는 둥 점심식사를 마치고 나는 초조한 마음을 추스를 수가 없었다. 언제 저 문이 벌컥 열릴지, 열린 문으로 들어온 남자가 오늘은 무슨 말을 할지……. 여우의 심정으로 앉아있는데 기다리던(?) 남자의 모습이 문밖에 보였다.

자기 집 현관문을 열듯 중개사무소 문을 열고 들어와 소파에 걸터앉은 남자는 내 오래된 고객이다. 한 달에 한 번 꼴로 사무소를 찾는 그는 방문 첫 날, 동생 명의로 집을 구매했다. 한 달쯤 후에 다시 찾아와 이번에는 사촌동생 명의로 집을 구매했다. 호쾌하고 의리 있는 성격으로 계약할 일이 있으면 매번 나를 찾아와 준다. 참으로 고마운 손님이지만 한 가지 단점을 꼽자면 일단 사무소에 오면 서너 시간은 수다를 떨어야 직성이 풀린다는 것.

누군가는 "그래도 감사한 고객인데 그 정도는 들어줄 수 있지"라고 말할 것이다. 하지만 낯선 경상도 억양에 불분명한 발음이 더해진 큰 목소리를 몇 시간 동안 듣는 일은 생각만큼 쉽지 않다. 다른 손님과 상담을 하든, 계약서를 작성하든 남자는 개의치 않았다. 오히려 덜 심심해서 좋다는 양, 의자에 앉아 기차 화통을 삶아 먹은 목소리로 온갖 참견을 했다. 그의 수다에 고개를 주억거리다 내 눈이 킁해질 때쯤이면 남자는 커피 잘 마셨다는 말과 함께 자리를 떠났다. 커피잔을 치우며 창밖을 보면 이미 해는 저물어 있었다.

남자가 처음 집을 구매할 당시에는 해당 물건에 대한 평가나 주변의 시세가 괜찮았다. 그래서 구입한 매물의 전망에 대해 '긍정론'을 펼치는 그의 말에 호응할 답이 남아있었다. 하지만 집값이 하락하는 시기가 찾아왔고, 더는 그의 긍정론에 장단을 맞추기가 힘들어졌다. 언젠가 집을 팔고 싶다는 그의 말에 원하는 금액에 판매하기는 어려울 것 같다고 말하니, 그의 푸념이 평소보다 더 길어졌다. 어느샌가 나는 중개사무소 앞에 주차된 그의 차를 보면 핸들을 돌렸고, 그가 올 것 같으면 자리를 피하게 되었다.

사무소에 마주 앉아도 예전처럼 그의 말에 장단을 맞추는 일이 잘되지 않았다. 그렇게 나는 점점 그에게 무심해졌고, 그가 어떤 이야기를 하든 나는 듣는 둥 마는 둥 내할 일에 집중했다.

그렇게 남자의 방문이 이어지던 어느 날, 그는 늘 하던 "커피 잘 마셨다"는 말 대신 "잘 있어요"라는 인사를 남기고 사무소를 나갔다. 그리고 한 달이 지나도 오지 않았다. 나는 남자가 발길을 끊었다는 생각도 못 한 채 지냈다.

꿈쩍 않던 집값이 꿈틀거리기 시작했다. 남자가 오래전에 내놓았던 집도 드디어 사겠다는 사람이 나타났다. 나는 기쁜 마음으로 그에게 전화했으나 그는 전화를 받지 않았다. 어째서 전화를 안 받는 거지? 다시 또 전화하려던 찰나, 문자 메시지가 왔다.

무슨 일이신가요?

                                  집을 매수하겠다는 사람이 나타났어요.

다른 부동산에 위임했습니다.

    불현듯 남자와의 마지막 만남이 떠올랐다. 냉담했던 나의 태도가 남자로 하여금 등을 돌리게 한 모양이다. 언제나 지나칠 정도로 친밀하던 남자가 차갑고 사무적인 태도로 대응하자 퍽 당황스러웠다. 의리 있던 고객을 놓친 것 같아 아쉬움도 들었다. 무엇보다 초심을 잃고 손님에게 계산적인 태도를 보인 듯해서 후회가 밀려왔다. 하지만 이미 마음을 접고 등을 돌린 이에게 내가 할 수 있는 일은 없었다. 나는 '수시로 찾아와서 고래고래 떠드는 걸 어떻게 다 받아줘. 차라리 잘됐어' 생각하며 스스로의 행동을 합리화했다.

    이후에 다른 단지의 중개사무소에서 남자의 매물을 광고하는 것을 보았다. 그런데 꾸준히 올라오는 광고가 무색하게 시간이 지나도 남자의 집은 도통 팔리지 않았다. 집 값 또한 점점 내려갔다. 더는 내가 관여할 일이 아니었지만, 그래도 마음 한구석이 찝찝한 것은 어쩔 수 없었다. 계약 한두 건이야 안 할 수도 있다. 하지만 어렵게 나타난 매수인을 물리칠 만큼 내게 쌓여있을 그의 섭섭함이 신경 쓰였다.

남자가 돌아왔다. 지난 몇 개월간 방문하지 않았던 시간들이 무색할 정도로, 그의 인상과 말투는 그대로였다. 다만 문득문득 어색함이 드는 건 어쩔 수 없었다. 남자는 헛기침을 두어 번 하더니 언제나처럼 커피를 달라고 했다.

후루룩 소리를 내며 남자가 말했다.

"여러 중개사무소를 돌아다니다 보면 눈에 보이는 게 있어요."

"어떤 거요?"

"당연히 처음에는 다들 친절하죠. 그런데 한 번, 두 번 방문 횟수가 늘수록 태도가 달라지더라고요."

나 역시 그랬다. 친절함은 익숙함으로, 익숙함은 무덤덤함으로 바뀌어 갔다. 고객에게 정성을 다하겠다던 초심과 달리 나는 소홀해지고 무심해졌다. 오랜 기간 중개업을 하면서 셀 수 없을 정도의 계약을 성사시켜 왔다. 그중에는 당연히 내게 더 중요했던 고객과 상대적으로 덜 중요했던 고객이 있다. 품이 적게 들어 몸이 편한 고객도 있었고, 품이 많이 들어 번거로운 고객도 있었다. 그러니까, 언제부

턴가 나는 고객을 내 편의대로 분류하고 그 분류대로 행동하고 있었다. 부끄러웠다. 누울 자리를 찾아 동분서주하는 사람이 되어버렸다는 생각이 들어 어디론가 숨고 싶었다.

남자는 내 사무소에 발길을 끊고 한동안 이곳저곳 중개사무소를 다니며 커피만 마셨다고 한다. 그러면서 친절함이 짜증으로 바뀌는 모습들을 보았다고 한다. 어떤 중개사무소에서는 "전화번호랑 물건 넘기고 가세요. 안 줄 거면 앞으로 오지 마세요"라는 말을 듣기도 했단다.

"물건의 구매력, 당연히 중요하죠. 근데 저는 그게 전부는 아닌 거 같아요. 사람을 대하는 태도 역시 중요한 거잖아요. 중개사 분들은 서로 물건을 공유하니까 '어디에 꼭 좋은 물건이 있다더라' 그런 건 없지 않나요? 그러니까 물건이 비슷비슷하면, 기왕이면 친절한 분한테 구매하고 싶어요."

반년 만에 나를 찾아 온 남자는 예전처럼 쉴 새 없이 말을 이어갔다. 역시 대단한 화력의 소유자다. 다시 나를 찾아와 준 고마움과 같은 실수를 반복하지 않기 위한 신중함으로, 나는 감겨오는 눈꺼풀을 간신히 붙들었다. 중천에 떠있던 해가 뉘엿뉘엿 넘어갈 때쯤, 그가 드디어 "커피 잘 마셨다"는 말과 함께 자리에서 일어섰다. 무언가 오래도

록 내 마음을 괴롭혔던 찜찜함을 해결한 느낌이었다. 숙제를 해결한 것 같아 마음이 한결 가벼워졌다. 이제 당신이 다시 오지 않아도 나는 당신을 보낼 수 있다. 그런데 문을 열고 나가던 남자가 갑자기 돌아서며 말했다.

"다음에 올 때 그동안 다른 중개사무소에서 매입했던 물건들 명세서 정리해 올게요. 앞으로는 여기서 관리해 주세요. 그래도 저는 중개사님 일하는 스타일이 제일 든든하고 편하네요. 한 달 후에 봬요!"

초심을 유지하기란 참으로 어려운 일이다. 아니, 어쩌면 불가능할 수도 있겠다. 수십 층에 이르는 건물도 몇 년이면 가치와 환경이 바뀐다. 한 층의 길이에도 달하지 못하는 사람의 마음이 어떻게 영원히 변하지 않을 수 있을까? 중요한 건 잃었던 초심을 되찾을 기회가 왔을 때, 그 기회를 포착하고 놓치지 않는 일이다.

여우는 어린왕자에게 장미꽃을 소중히 여겨야 하는 이유가 그 장미꽃은 다른 장미꽃과 달리 어린왕자가 함께한 시간이 포함되어 있기 때문이라고 설명한다. 그러고는 덧붙인다. 너는 장미꽃을 길들였고, 길들인 것에는 책임감을 가져야 한다고.

어느 순간, 나는 오랜 시간을 함께 보냈던 고객에 대한 소중함을, 다시 말해 책임감을 잊었다. 믿고 물건을 맡겨준 감사함을 잊고, 남자의 푸념과 걱정을 귀찮고 번거롭다고 생각했다. 지금이라도 다시 이 독특한 고객이 내게 준, 초심을 찾을 기회를 놓치지 않으려고 한다. 그래, 무슨 공인중개사가 까칠하게 손님을 가려. 내 사무실에 들어온 손님은 그냥 왕인 것이지.

3장

시작도 끝도 없는
파란만장한 순간들의 연속,
계약

행복추구권

우리나라 헌법 제10조에는 '모든 국민은 인간으로서의 존엄과 가치를 가지며, 행복을 추구할 권리가 있다'는 내용이 명시되어 있다. 그러나 막상 일상에서 행복추구권을 입에 올리는 일은 흔하지 않다. 행복이란 단어가 모호한 감도 있을뿐더러, 직관적이고 실제적인 권리들에 비해 다소 추상적으로 느껴지기 때문이다. 그런데 그 "행복추구권"을 주장한 사람이 내 앞에 나타났다.

몇 년 전, 전세계약을 진행할 때의 일이다. 잔금 날, 짐을 다 빼낸 후 집을 둘러보는데 거실 유리창이 희뿌옇다. 거실 유리창은 진공상태로 압축 처리된 이중창인데, 모진

비바람과 잦은 청소 그리고 노후화 등으로 인해 실리콘 사이가 벌어지고 말았다. 그 결과 습기를 내부로 빨아들이면서 백화현상이 발생한 것이다.

준공 초기에 이런 현상이 발생하면 시공상의 문제를 들어 하자 처리를 요구할 수 있다. 하지만 20년 가까이 된 노후건물은 내부 청소로 문제가 해결되지 않아 새시 자체를 교체해야 하는 경우가 많다. 임차인은 희뿌연 유리창 때문에 집 전체가 지저분해 보인다며 유리창을 교체해 달라고 말했다. 그러나 임대인은 문을 여닫기가 어렵거나 불편한 상태는 아니므로 교체까지는 해줄 수 없다고 단호하게 말했다.

파손이나 고장 등 임대차 목적을 달성할 수 없을 정도의 하자가 아니라면 임대인에게 교체를 강요할 수 없다. 나는 임대인이 교체해 주지 않겠다고 하면 어쩔 수 없다고 임차인에게 말했다. 임차인은 잠시 나를 빤히 쳐다보더니 물었다.

"그럼 제 행복추구권은요?"

"네?"

"제 행복추구권은 어떡하고요? 저는 깨끗한 거실 유리창을 통해 바깥 전경을 감상하고 싶은데요. 그럴 권리가 있지 않나요?"

"아……."

중개업을 하면서 갖가지 하자를 처리해 왔다. 중재한 분쟁도 숱하게 많다. 하지만 단 한 번도 행복추구권을 거론하는 의뢰인은 만나보질 못했다. 그래서인지 많이 당황스러웠고 동시에 신선함이 느껴졌다. 잊고 있었지만 분명히 존재하는 권리. 모호하고 추상적이지만, 무엇보다도 소중한 권리. 그 권리를 어떤 세속적인 이권을 위해 주장하는 것이 아니라 깨끗한 창으로 바깥 풍경을 감상하기 위해 주장하다니! 행복추구권을 주장하는 임차인이 다소 낭만적으로 느껴지기까지 했다. 하지만 법은 그렇게 낭만적일 수가 없는 법, 나는 헛기침을 하고 임차인을 향해 또박또박 말을 이어갔다.

"주택임대차보호법에서는 임차인에게 여섯 가지 권리를 부여하고 있습니다. 첫 번째는 사용·수익권, 두 번째는 임대차등기 협력 청구권, 세 번째로는 차임 감액 청구권, 네 번째는 부속물 매수 청구권, 다섯 번째로는 필요비 상환 청구권을 부여하고 있습니다. 그리고 마지막으로 유익비 상환 청구권을 보장하고 있고요."

나는 숨을 고르고 다시 말을 이었다.

"여기에 별도로 행복추구권을 보장하고 있지는 않습니다. 유리창을 열고 바깥 전경을 감상하시거나 집 밖으로 나가서 산책하시는 걸로 스스로 행복을 추구하시기 바랍니다."

헌법에서는 누구에게나 행복추구권을 보장하고 있다. 하지만 그 권리를 무리하게 사용해서 상대방의 행복을 저해한다면 그것도 안 될 일이다. 행복추구권이란 나만의 이기적인 권리가 아니기 때문이다. 그렇기에 하위 법령들과 적절한 조화를 이루어야 한다. 그것이 모두의 행복추구권이 적절히 보장받는 방법일 것이다.

이렇게 말했는데도 유리창을 교체해 달라고 요구하면 어쩌지? 장황설을 마친 나는 임차인의 표정을 살폈다. 격정과는 달리 임차인은 내 말에 수긍한 듯 더 이상 말을 꺼내지 않았다.

주택임대차보호법 등 모든 특별법에 행복추구권이 별도로 포함되지 않는 이유는 헌법 제10조에서 행복추구권에 대한 사항을 명시하고 있기 때문이다. 그러나 우리는 헌법에 행복추구권이 있다는 사실도, 그걸 어떻게 행사해야 하는지도 잊고 살아간다. 행복추구권 외에도 잊거나 놓치고 있는 권리가 있을 것이다. 이런 권리들을 하나도 빠짐없이 챙기고 살기란 여간 어려운 일이 아니다. 세세한 권리들을 기억하지 못해 놓치고 산다 해도 괜찮다. 권리를 미처 다 챙기지 못하더라도 사는 데 딱히 불편함이 없다면 우리는 어느 정도 행복한 국민들이지 않을까?

세월이 흐르고 세상이 변하면서 압도적인 영향력을 가진 '계약갱신 요구권'이 임차인의 일곱 번째 권리로 추가됐다. 계약갱신 요구권 덕분에 행복해진 사람들도 분명 많을 것이다. 하지만 분쟁이 속출했고 급상승한 전세가가 만들어 낸 깡통전세 등으로 불행해진 임차인과 임대인 역시 많아졌다. 추상적인 행복에 대한 추구권을 법으로까지 규정한 이유는 그만큼 모두가 행복을 갈구하며 살고 있다는 반증이다. 그러나 임차인의 '행복'을 위해 생겨난 하위 법이 정말 임차인을 행복하게 만들고 있는지는 의문이다.

시간이 지나고 임차인이 이사를 나가게 되었다. 그는 그동안 잘 살았다고 인사하며 희뿌연 유리창 이야기를 꺼냈다. 혹시나 임대인이 임차인의 관리 부주의 때문에 유리창이 훼손됐다고 생각해서 원상복구를 요청할까 봐, 임대인에게 '입주 시점부터 유리창은 희뿌연 상태였다'는 사실을 상기시켜 준 것이다. 임대인은 고개를 끄덕이며 말했다.

"아…… 유리창, 기억하고 있어요. 행복추구권……."

임대인의 입가에 미소가 떠올랐다. 그에게도 행복추구권을 주장하던 임차인의 모습이 강한 인상으로 남았었나 보다. 덩달아 내 입꼬리도 올라갔다. 손으로 입을 가렸지만, 눈매가 휘어진 걸 보니 임차인 역시 웃고 있는 게 틀림없었다. 집을 보러 온 새 임차인 역시 영문도 모른 채 덩달아 웃었다.

주택임대차보호법은 이래야 한다. 임대인이고 임차인이고 할 것 없이 모두가 함께 웃을 수 있어야 한다. 그것이 대한민국이 헌법 제10조를 통해 규정한 '행복추구권'에 위배되지 않는 것이다. 누군가의 권리만 강조하는 법은 좋은 법이 아니다. 권리가 있으면 반드시 의무도 뒤따라야 한다. 그리고 권리와 의무가 양방에 적절히 배분되어야 한다. 일방은 권리만을, 일방은 의무만을 진다면 분쟁이 속출하고 행복하지 않은 국민이 생겨나게 될 것이다.

희뿌연 유리창을 통해 햇볕이 들어왔다. 한바탕 웃음꽃이 핀 뒤에 네 사람은 잠시 침묵을 지켰다. 모두에게 유리창을 통해 바깥 풍경을 감상할 권리가 주어지기까지는 많은 시간이 걸릴지 모른다. 어쩌면 우리가 예상하는 것보다 더욱 많은 시간이 필요할 수도 있다. 그래도 행복추구권이 주택임대차보호법 전반에 곱게 스며든다면 언젠가는 모두가 함께 유리창으로 아름다운 풍경을 감상할 권리가 주어질 날이 오지 않을까?

이번엔 당신이 틀렸습니다

"목소리가 많이 안 좋은데…… 제가 지금 갈까요?"

"괜찮아요. 그냥 제 이야기 좀 들어주세요."

평소 가깝게 지내던 중개사의 전화를 받았다. 대상포진에 걸려 입원 중이라는 그는 병문안을 와줄 사람보다 자신의 하소연을 들어줄 이가 더 절실하다고 말했다.

사연은 이렇다. 젊은 부부가 집을 구매하는 계약을 체결했다. 그런데 깨끗한 원목 마룻바닥과 달리 벽면에는 아이들이 남긴 낙서가 조금 있었단다. 부부는 낙서를 이유로 집값을 깎아달라 요구했고, 매도인은 매매가에서 일부 금액을 절충해 주었다. 중개사는 특약사항란에 '도배·장판비조로 매매가를 절충해서 계약함'이라 표기했다. 그런데 그다음 날부터 매수인 부부가 중개사를 들볶았던 것이다.

이유인즉 특약사항에는 장판이라고 기재되어 있지만 실제로는 장판이 아닌 원목 마루였고, 그걸 뜯어내고 장판을 깔려면 비용이 많이 든다는 것이다. 따라서 원목 마루를 걷어내는 비용을 집값에서 더 깎아주어야 한다는 게 매수인 부부의 주장이었다. 당연히 매도인은 더 이상 금액을 감하는 건 불가능하다고 말했다. 그러자 부부는 중개사가 중개를 잘못했으니 어떻게든 집값을 깎으라고 중개사무소를 찾아와 신경질을 냈단다. 민원이니 소송이니 몇 날며칠을 시달리던 중개사는 결국 극심한 스트레스로 대상포진에 걸려 입원하고 말았다. 물론 입원 중에도 전화기는 하루도 빠짐없이 울렸다고 한다. 그는 나에게 웬만하면 본인이 금액을 배상하고 끝낼까 하는데 어떻게 생각하는지를 물었다.

나는 먼저 원목 마룻바닥의 상태를 물었다. 지저분하거나 훼손된 곳 없이 깨끗하다고 답했다. 다음으로 부부가 집을 보지 않고 계약한 것이냐고 물었다. 두 번이나 방문해서 매물을 꼼꼼하게 살펴보았다고 말했다.

구석진 곳에서 발생한 균열이나 누수, 파손 등은 살피지 못했을 수도 있다. 그렇지만 거실 바닥을 못 보았다는 건 말이 안 된다. 후미진 곳을 확인 못 한 것은 중개사만의 책임이 아니라 언제나 매수인에게도 책임이 있다. 법은 계약 당사자 역시 스스로 확인하고 주의할 의무가 있다고 보기에, 대개의 사안에서 책임의 일정 비율을 나누는 판결이 이루어진다.

또한 장판비조로 금액을 절충했다면 '장판'이란 단어가 포괄적인 바닥재를 의미한다고 보아야 한다. 실제 중개대상물 확인설명란에도 '벽면, 바닥면 및 도배 상태'란은 있지만, 장판이나 바닥재의 종류를 확인하고 설명하라는 내용은 없다. 더욱이 원목 마루가 훼손이 심해 걷어내야 할지라도 도배·장판비조로 절충해 준 것에 포함됐다고 보는 게 맞다. 공인중개사는 집을 팔고 사는 것에 대해 매매계약서를 작성한 것이지, 인테리어 견적서를 뽑아준 건 아니니까.

나는 그에게 금액을 대신 지불하지 말고, 소송이나 민원 역시 마음대로 하게 두라고 했다. 중개업을 하면서 느끼는 점은, 날이 갈수록 사소한 꼬투리를 잡느라 혈안이 된 의뢰인들이 늘어난다는 것이다. 그만큼 모두의 삶이 팍팍해졌다는 의미일 수도 있다. 의뢰인에게 시달리다가 결국 입원까지 한 중개사의 상황이 내 가슴을 시큰하게 했다. 남의 일이 아니기 때문이다. 현실 속 공인중개사에게 이런 일은 비일비재하다.

한번은 이런 일도 있었다. 단독주택 매매계약이 성사되던 날, 계약서에 도장을 찍기 전 매도인이 말을 꺼냈다.

"우리 집 마당이 앞집에 조금 들어가 있고, 뒷집 땅이 역시 우리 집에 조금 들어와 있어요. 워낙 오래된 집이라…… 그러니 나중에 집을 새로 짓거나 할 때 같이 측량하시면 됩니다."

응? 담장까지 예쁘게 둘러져 있던 집이라 미처 생각하지 못했는데 그런 문제가 있다니. 매도인의 말에 속으로 크게 당황하고 있는데, 의외로 매수인 부부가 대수롭지 않게 받아주었다.

"아, 네. 시골집은 그런 일 많잖아요. 전에 살던 집도 그랬어요. 면적만 맞으면 되죠."

실제로 옛날 집들은 경계가 불분명한 경우가 많다. 아날로그 방식으로 측량한 채 지내오다 뒤늦게 실제 현황과 지적공부상의 경계가 달라 분쟁이 생기기도 한다. 나는 매수인 부부에게 측량하겠냐고 물었다. 그들은 나중에 집을 새로 지을 때 하겠다며 측량할 의사가 없음을 밝혔다. 매수인과 매도인 모두 문제될 사항이 없음을 확인받고, 계약서와 중개대상물 확인설명서를 완성해 서명과 날인을 받았다.

잔금을 치르고 수개월이 경과한 어느 날, 매수인 부부 중 아내가 중개사무소를 방문해서 큰소리를 냈다. 그녀는 뒷집 땅이 들어와 있는 걸 속여 중개했으니 손해배상을 해달라며 그렇지 않으면 고발하겠다고 말했다. 계약 당시의 상황을 복기하며 자세히 설명했으나, 그녀는 모른 척 딱 잡아뗀 채 막무가내로 고집을 피웠다. 나는 매도인에게 전화를 걸었고, 매도인 역시 "계약할 때 모든 사실을 들었으면서 지금 와서 왜 그러시는 거래요?"라는 말만 반복했다. 나는 그녀에게 전화기를 건넸지만, 그녀는 매도인과의 통화를 거부한 채 오로지 손해배상만 주장했다. 그 누구보다 자신이 당시의 상황을 더욱 잘 기억하고 있기 때문에 진실과 마주치는 걸 피하고 싶은 심리다.

나는 내가 몰랐거나 잘못한 부분에 대해서는 빠르게 인정하고 수습하고자 노력하는 편이다. 그러나 상대적 약자인 공인중개사를 상대로 손해배상이나 받아보겠다는 비겁한 태도에는 순응할 수 없다. 나는 흥분으로 가득 찬 매수인의 눈을 똑바로 보며 말했다.

"매수인과 매도인이 구두로 합의한 부분을 확인설명서에 기재하지 못한 실수는 인정합니다. 고발하세요. 제 실수이니 확인설명 미기재로 인한 처분은 달게 받겠습니다. 하지만 확인설명서에 기재하지 않았더라도 구두로 설명했다는 증거가 있으면 그로 인한 처분은 면할 수 있다는 국토교통부 해석이 있습니다."

그녀의 눈빛이 흔들렸다. 나는 더욱 목청을 높여 말했다.

"저는 매도인이 면적에 대한 문제를 먼저 고지한 것을 증언할 겁니다. 매도인 역시 제가 매수인분께 측량 의사 확인과 더불어 그대로 계약을 진행해도 문제가 없겠는지를 확인한 걸 증언할 것이고요. 손해배상을 받으려면 매도인을 상대로 소송을 해야 합니다. 저는 그때 매도인을 적극적으로 옹호할 것이고, 사모님은 소송에서 지게 될 겁니다. 그러니 좋을 대로 하세요. 여기서 영업방해 하지 마시고, 매도인한테는 소송 걸고 저는 고발하세요."

그녀는 당황한 듯 쭈뼛거리더니 혼잣말을 하면서 중개사무소를 떠났다. 한 시간쯤 됐을까, 매수인 남편이 내게 전화했다. 그는 죄송하다며, 문제 삼으려고 했던 건 아니니 뒷집에 사는 할머니를 만나서 맞물린 땅을 팔도록 협상해 달라고 했다.

내키지 않았지만 그래도 어쩌겠는가. 일을 마무리 짓기 위해 가방을 챙겼다.

부부의 얘기를 꺼내자 할머니는 크게 분개하셨다. 연유를 물어보니 할머니가 키우던 닭을 부부가 몰래 죽였다고 한다. 닭 울음소리가 시끄럽고 냄새가 심하다는 이유에서다. 화난 할머니가 그 집에 맞물린 자기 땅을 당장 내놓으라고 난리를 쳤고, 혼비백산한 매수인 아내는 중개사무소로 찾아와 억지를 부린 것이다.

당연히 할머니는 그 사람들한테는 땅을 팔 생각이 없다고 펄쩍 뛰었다. 설득하기는 힘들겠다는 생각에 중개사무소로 돌아와 매수인 남편에게 전화를 걸었다.

"포기하셔야겠네요. 땅을 파실 생각이 전혀 없어 보이세요. 그리고…… 시골에서는 닭이나 강아지 같은 동물도 식구나 마찬가지입니다. 남의 집 재산이고요. 선생님이 불편하다고 함부로 해서는 안 된다는 말씀입니다. 집에 돌아오시면 할머니께 잘 익은 수박 한 통이라도 사들고 가서 사과하세요."

사람들이 함께 지내다 보면 분쟁이나 마찰이 생기지 않을 수 없다. 서로는 서로에게 어느 정도의 불편함이다. 물

148

론 모든 마찰이 곧장 분쟁으로 이어지는 경우는 드물지만, 분쟁은 주로 사소하게 벌어진 틈새에서 씨앗을 틔우곤 한다. 역사적 사례도 있다.

영국의 엘레나 공주는 프랑스의 루이 7세와 결혼하면서 '기엔Guienne'와 '푸아투Poitou'라는 지방을 지참금으로 건넸다. 행복한 신혼 생활을 하던 루이 7세는 십자군전쟁에 참전했다가 전쟁을 마치고 프랑스로 돌아왔다. 왕은 귀국하면서 수염과 구레나룻을 말끔히 깎았다. 그런데 면도를 한 왕을 본 엘레나 공주의 반응이 이상했다. 그녀는 수염과 구레나룻을 없앤 왕을 보고 더 이상 그를 사랑하지 않는다면서 이혼을 통보하고 영국으로 돌아가 버렸다. 그리고 결혼 당시 지참금으로 가져갔던 두 지방의 소유권 반환을 요구했다. 이에 화가 난 루이 7세는 영국에 선전포고를 했다. 이렇게 시작된 프랑스와 영국 간의 전쟁은 무려 301년이나 지속되었다.

국가 간의 전쟁도 이처럼 사소한 이유로 발생하는데, 사람간의 분쟁이야 오죽할까. 이해할 수 없는 분쟁도 있고, 해결 방법이 없는 분쟁도 있다. 다만 서로 간에 이견이 생겼을 때 어떤 마음으로 임하느냐가 가장 중요하다.

나는 시끄럽고 냄새난다는 이유로 남의 집 닭을 죽인 부부를 아무리 이해하려고 해도 이해할 수가 없었다. 마찬가지로 진실을 감추고 나에게 손해배상을 받아내려던 방법역시 수용할 수 없었다. 그러나 세상 모든 일, 모든 사람을내가 다 이해해야 하는 건 아니다. 또한 내가 이해할 수 없다 해서 분쟁을 피할 수 있는 것도 아니다.

며칠 후 매도인한테서 연락이 왔다. 매수인 부부가 찾아와서 사과했다고 한다. 그래서 중개사님한테도 가서 사과하라 했더니 알겠다고 했단다. 그들은 아무리 천천히 걸어와도 한 시간도 안 걸릴 거리를 몇 년째 오지 않고 있다.

이제는 진짜 '우정'이라 부를 수 있었으면

그녀와
친구가
되고 싶다

나이 들면서 점점 잃어버리는 것들이 있다. 학창 시절 밤새서 만화책을 넘겨보던 열정이 그렇고, 누군가에 대한 생각으로 잠 못 들던 밤이 그렇다. 그리고 팔짱을 돌려 끼면서 끝도 없는 수다를 떨 수 있는 친구 역시 마찬가지다.

시간이 지나면서 알고 지내는 사람은 많아지지만 친구라 부를 수 있는 사람은 점점 줄어든다. 어릴 때는 친구가 될 수 있는지를 판단하는 기준이 나이밖에 없었다. 하지만 지금은 사회적 직위나 직함 등 세세한 기준이 무수히 늘어났다. 더는 새로운 친구를 사귈 수 없다고 믿었던 시기, 내게 거짓말처럼 새 친구가 나타났다.

새 친구 이름은 미순이. 아파트 월세를 구하러 중개사무소를 방문한 고객이다. 나이가 동갑이어서 그럴까, 여느 고객보다 더욱 친밀감이 느껴졌다. 그래도 딱 거기까지였다. 더 이상 우리는 교복을 입고 컵에 담긴 떡볶이를 나눠 먹는 나이가 아니니까. 그렇게 지내던 어느 날, 미순이가 호박부침개를 들고 와 "나랑 동갑이지? 친구하자"고 말했다. 얼떨결에 새 친구가 생겼다.

나는 친구를 쉽게 사귈 수 있는 사교성 좋은 사람이 아니다. 하지만 그녀의 붙임성이 우리를 친구라고 부를 수 있게 만들었다. 나는 그녀가 마음에 들었다. 하지만 의뢰인으로 만난 친구를 학교에서 만난 친구처럼 대할 수는 없었다. 무엇보다 이야기를 편하게 나눌 소재를 찾는 게 힘들었다. 친구지만 우린 함께 밥을 먹거나 사적인 수다를 떠는 사이가 아닌, 지인보다는 가깝고 친구보다는 먼 관계로 지냈다.

그녀는 보증금이 적은 월셋방에 거주하고 있었다. 그런데 월세가 자주 밀려 임대인의 요구로 이사 가야 할 상황이 되었다. 인근 아파트 월세를 구해달라고 해서 찾아주었는데, 계약기간이 다 됐을 즘 또 찾아와 집을 구해달라고 했다. 그렇게 그녀의 집을 두 번 옮겨주었다.

미순이는 착하고 밝았다. 언제나 웃는 얼굴의 그녀를 보며 '저렇게 성실한데 왜 돈이 모이지 않을까'라는 생각이 들어 안쓰러웠다. 그러던 미순이가 "이제 돈이 좀 생길 것 같아. 집을 사고 싶어"라고 말했을 때, 나는 내가 집을 사는 것처럼 기뻤다. 드디어 정착하는구나, 정말 잘됐다. 마침 급매로 나온 집이 있었고, 나는 가격을 최대한 조정해서 미순이가 그 집을 계약할 수 있도록 도왔다.

그런데 계약 당일, 주머니까지 탈탈 털어 잔금을 겨우 치러서일까. 미순이가 중개보수를 줄 돈이 없다고 말했다. 그녀는 내일 꼭 돈을 마련해서 주겠다 했고, 나는 알겠다며 집 산 것을 거듭 축하했다.

하지만 모레가 지나고 일주일이 지나도 연락은 없었다. 그러는 동안 우리는 너무 자주 부딪쳤다. 슈퍼마켓에서 아이스크림을 고르다 마주치기도 하고, 분식집에서 떡볶이를 사다 스치기도 했다. 그럴 때마다 그녀는 내 얼굴을 보며 어색하게 웃었다. 내 표정을 확인할 수는 없지만 아마 내 웃음 역시 어색했을 것이다.

예전에는 바쁜 직장일로 얼굴을 보기 힘든 미순이였다. 그런데 최근 들어 너무 자주 부딪친다는 생각이 들었다. 하지만 나는 그녀에게 이러한 궁금증에 관해서도, 근황에 대해서도 물어볼 수가 없었다. 미순이의 어리고 잘생긴 아들이 그녀 옆에 딱 붙어있기도 했거니와, 어느 순간 우리 사이를 미지급 채무인 '중개보수'가 가로막고 있었기 때문이다. 나는 어려운 생활을 지나 이제 막 한숨 돌리고 있을 '친구'를 불편하게 하고 싶지 않았다. 그러나 미순이는 내가 영 불편했나 보다. 그녀를 발견하면 얼떨결에 어깨를 툭 치고 "미순아!"라고 부르는 나와는 다르게, 그녀는 나와 마주치면 어색한 표정을 감추지 못했다. 내가 사심 없이 반갑게 대할수록 그녀는 그 상황이 더 괴로운 듯했다. 중개사와 고객으로 만나기 전에 친구로 만났더라면 얼마나 좋았을까?

그러던 어느 날 미순이가 전화를 했다.

"미안해…… 코로나로 회사가 휴업해서 수중에 돈이 없네. 생활비도 부족한 판국이야."

"알겠어. 언제 밥이나 한번 먹자."

중개보수 지급을 미루는 고객을 처음 만나본 것은 아니다. 비싼 집은 호쾌하게 구매하면서, 중개보수를 건넬 때면 손이 떨리는 사람들도 있다. 몇 번 재촉하다 지급명령 소송까지 한 적도 있다. 그런데 미순이에게는 그러고 싶지 않았다. 우리는 친구가 되기로 했으니까. 호박부침개를 내게 건네며 환하게 웃던 미순이에 대한 기억을 중개보수 미지급으로 얼룩진 중개사와 매수인에 대한 기억으로 변질시키고 싶지 않았다.

그녀는 연락을 끊었지만 우리는 너무나 자주 마주쳤다. 봄을 맞아 머리스타일을 바꿔볼까 싶어 들어간 미용실에도 그녀가 있었다. 나는 미순이에게 반갑게 인사했지만 그녀는 역시나 당황한 표정을 감추지 못했다. 미순이는 집을 구매하기 전에는 거리에서 나를 마주치면 환한 얼굴로 먼저 인사했다. 하지만 집을 구매한 이후 우리는 헤어진 애인만큼이나 불편한 사이가 되고 말았다. 중개보수가 원망스러울 지경이었다.

염색약을 바르고 의자에 앉아있는데, 뒤에 있던 아주머니가 내게 물었다.

"중개사님, 요새 집값 많이 올랐죠?"

"네, 많이 올랐어요. 1억 원 정도씩은 오른 것 같네요."

옆 의자에 앉아있던 미순이가 거울을 통해 나를 쳐다보았다. 거울 속에서 눈이 마주쳤다. 나는 거울을 통해 입모양만으로 뻐끔뻐끔 그녀에게 말했다.

'네 집도 1억 원 넘게 올랐어!'

그로부터 이틀 후, 중개보수의 절반이 입금되었다. 미순이의 사정이 나아진 건지 혹은 내가 그녀의 어떤 마음 한구석을 건드린 건지는 잘 모르겠다. 몇 개월 후 중개보수의 나머지 절반이 입금되었다. 장장 3년 만이었다. 나는 미순이에게 그동안의 안부를 묻는 질문과 고맙다는 말을 메시지에 적으면서 생각했다. 곤궁했던 그녀의 생활이 조금은 펴져서 다행이다. 코로나가 끝나가서 다행이다. 미순이의 집값이 올라서 정말로 다행이다. 그러니 이제 우리가 진짜 친구가 될 일만 남았다.

중개사와 의뢰인 사이 양심의 경계선

"도의적 책임은 남아있는 거죠!"

그녀는 팔짱을 낀 채 내게 말했다. 말문이 막혔다. 무슨 말인가 꼭 해야 할 것 같은데 도무지 목에 걸려 뱉어지질 않았다.

도의적 책임이란 개인이 양심에 따라 지는 책임을 의미한다. 나는 그녀의 표정을 바라보며 생각했다. 이 여자는 내게 양심이 없다고 말하고 싶은 건가. 그녀가 말하는 '도의'가 무엇을 말하는 건지, 도무지 그리고 도저히 알 수가 없었다.

시간은 과거로 돌아간다. 예쁘고 참한 중년 여성인 그녀는 내가 신축빌라 분양을 알선했던 고객이다. 나는 빌라를 분양받으라고 먼저 권유하지는 않는다. 더욱이 그 빌라의 4층은 복층으로 불법 증축된 상태였다. "넓어서 좋네요"라고 말하는 그녀에게 나는 건축물대장상 등재가 안 된 불법건축물의 문제점을 충분히 설명했다. 다행히 내 말을 들은 그녀는 4층 대신 일반 층을 계약했고 "중개사님 덕분에 좋은 집을 잘 얻었네요"라며 고마워했다.

몇 년 후, 그녀는 잘 살고 있던 집을 갑자기 팔아달라고 의뢰했다. 그러나 시기가 좋지 않았다. 부동산 경기가 좋지 않아 주거래 대상물인 아파트조차 거래가 드문 상황이었다. 그래서 멀리 떨어져 있는 빌라를 크게 신경 쓰지 못했다. 왜 안 팔아주는지, 언제 팔아줄 건지를 물어보는 연락이 오면 "요즘은 거래가 뜸하네요"라는 말로 대신했다.

여자는 중개사무소를 간간이 찾아왔다. 자격증을 얻고자 공부하는 이야기, 층간소음 문제로 분쟁 생긴 이웃집 이야기 등을 깔깔거리며 말하는 여자를 보면서, 나는 그녀가 나를 편하게 생각하며 믿고 따른다고 생각했다. 동시에 미안한 마음 역시 들었다. 부동산 경기가 좋지 않다는 이유로 나를 신뢰하는 손님에게 소홀한 것 같아 마음 한구석이 은근하게 찔렸다. 나는 발품을 팔아서든, 광고를 더 내든 어떻게든 그녀의 집을 꼭 계약해 주겠다고 스스로 다짐했다.

그러던 어느 날, 다른 계약을 진행하고 있는데 갑자기 그녀한테서 전화가 걸려왔다. 나는 보통 계약을 진행하고 있을 때는 전화를 받지 않는다. 큰돈이 오가는 중요한 자리인 만큼, 신중함을 유지해야 하기 때문이다. 하지만 그날은 이상했다. 왠지 전화를 받아야 할 것 같은 기분이 들었다. 결국 계약 당사자 분들께 양해를 구하고 전화를 받았다.

"제가 그동안 중개사님을 믿고 따라서 참았는데요, 우리집 안 팔아주면 법적 조치 등 방법을 찾아볼 거예요!"

갑작스러운 그녀의 말에 소름이 돋았다. 내 표정이 심상치 않았는지 자리에 있던 손님들의 시선이 내게로 쏠렸다.

호흡을 가다듬고 무슨 근거로 법적 조치를 취할 거냐고 묻자, 여자는 몇 년 전에 내가 중개했던 그녀와의 첫 번째 계약 건을 이야기했다. 당시 그녀는 저렴한 조건의 전셋집을 찾고 있었다. 그러다 보니 비교적 전세금이 저렴한, 융자가 끼어있는 집이 눈에 들어올 수밖에 없었다. 나는 계약을 할 때면 의뢰인에게 "괜찮다" 혹은 "좋다"라는 말 대신 리스크에 대해서 상세히 고지하는 편이다. 당시 그 집은 선순위 근저당권(담보대출)이 있어 전세가가 저렴했다. 하지만 임대인이 은행이자를 내지 못할 경우 경매에 넘어갈 위험이 있었다.

모든 전세계약은 남의 집을 임대하는 것이므로 어느 정도의 리스크가 있다. 하지만 선순위 근저당권이 없는 물건에 1순위로 대항력(임차인이 제삼자에게 자신의 임대차 관계를 주장할 수 있는 권리. 즉 임대보증금을 안전하게 보호받을 수 있는 권리)을 확보할 경우에는 전세금을 회수하는 데 큰 문제는 없다.

집을 볼 때 집의 컨디션이 어떤지, 하자가 없는지를 살펴보는 일은 중요하다. 하지만 전셋집을 구할 때는 선순위 대항력을 확보할 수 있는가를 먼저 고려해야 한다. 리스크에 관한 설명을 다 들은 그녀는 심드렁해 보이는 표정으로 말했다.

"알아요. 근데 저희는 보증금이 얼마 없어 융자가 많아도 저렴한 집이 좋아요. 돈에 맞춰 갈 수 있는 집이 있어 너무 다행이에요."

그리고 우려하던 일이 발생했다. 부동산 경기가 나빠져 집값이 하락했고, 1년 후 집이 경매에 넘어가게 된 것이다. 나는 임대인이 살고 있는 지방까지 방문했으나, 임대인을 만나지는 못했다. 결국 임차인인 그녀가 경매로 집을 낙찰받기로 했다. 나는 그녀에게 부동산 경매사를 소개해주었고, 그녀는 집을 원하던 가격에 낙찰받았다. 이후 줄곧 그곳에서 살다가 몇 년 전, 그 집을 팔고 빌라로 이사를 온 것이다.

긴 한숨 소리가 전화기 너머로 들렸다. 그녀는 말을 마쳤지만 나는 여전히 내가 무엇을 잘못했는지 이해되질 않았다.

"어떤 걸로 법적 조치를 한다는 거죠? 저는 잘못한 게 없는데요?"

그녀의 주장은 현재 자신이 살고 있는 빌라를 본인이 제시한 가격에 팔아주지 않으면 예전 사건을 문제 삼을 수 있다는 것이다. 여러 번 되짚어 봐도 문제가 될 만한 부분이 없는데 도대체 무슨 소리를 하는 거야. 여자가 답했다.

"임대인 얼굴을 못 봤어요."

그녀의 말에 따르면 자신이 임대인 얼굴을 보지 못한 채 계약을 했기 때문에 공인중개사인 내가 책임을 져야 한다는 것이다. 어이가 없었다. 그 당시 전세계약을 할 때는 임대인이 올 수 있는 상황이 아니었다. 갑자기 집을 보러 온 그녀가 쇠뿔을 단김에 빼듯, 계약까지 하겠다고 말했기 때문이다. 그래서 전화로 임대인에게 계약 내용을 위임받고, 잔금을 치르는 날에 추인하기로 계약을 진행했다.

잔금을 치르는 날, 임대인은 휴가를 내고 약속 시간에 맞춰 사무소에 와있었다. 그런데 임차인인 그녀가 도착이 늦어질 것 같다며 우선 잔금만 송금하겠다고 했다. 임대인은 늦어지는 그녀를 계속 기다릴 수 없어서, 이사 나가는 임차인에게 정산을 해주고 먼저 자리를 떠야 할 상황이었다. 나는 전화로 "너무 늦어질 것 같은데 임대인이 영수증을 미리 서명해 주고 가도 괜찮을까요?"라고 물었고 그녀는 동의했다.

그러니까 그녀는 무려 8년이 지난 지금, 자신이 잔금 시간에 늦어서 휴가까지 내고 와서 기다리던 임대인을 못 만난 사실에 대해서, 기다리다 못한 임대인이 자신의 동의를 받고 자리를 뜬 사안을 문제 삼아 나를 협박하고 있는 것이다. 더구나 경매로 낙찰 받았던 그 집은 원하는 가격에 팔고 나간 후였다. 사람이 싫어지고 중개업에 대한 회의감이 들었다.

마음의 안정을 찾아갈 때쯤, 그녀가 다시 사무소를 방문했다. 법무사무소에 사건 처리를 의뢰했다고 한다. 그녀는 법무사무소에서 임대인에게 손해배상을 청구할 예정인데, 공인중개사도 조치할 게 없는지 확인해 달라며 계약서를 내밀었다고 한다. 그러자 법무사가 계약서를 훑어본 후 "없다!"고 단언했단다. 얼굴도 보지 못한 법무사에게 고마운 마음이 들었다. 이렇게 이번 일도 마무리 되는군. 허탈한 마음으로 그녀를 바라보는데, 그녀가 내게 말했다.

"법적으로는 책임이 없다지만, 도의적 책임은 남아있는 거죠!"

나는 잠시 그녀를 쳐다보았다. 도의적 책임? 최선을 다했는데도 여전히 남아있는 도의적 책임? 법적인 책임을 물으려다 안 되니 그래도 옭아매고 싶어 두드려보는 도의적 책임? 도대체 도의적 책임은 어떻게 져야 하는 걸까? 빌라가 팔릴 때까지 미안한 마음을 가지고 있어야 하나? 아니면 그 일로 스트레스를 받은 그녀의 안녕과 평화를 기원해야 하나? 미숙한 일처리로 인해 행정처분이 내려진다면 달게 받을 것이다. 하지만 나는 문제없이 일을 잘 처리했다. 법적으로 내 책임을 물을 수 없게 되니 '도의적'인 부분을 거론하는 상황은 또 한 번 충격으로 다가왔다.

공인중개사로 살다 보면 생각지도 못한 '태클'이 들어온다. 내가 알지 못했던 개인적 사유로 집이 경매에 넘겨지거나 심지어는 임대인이 실종되는 경우도 있다. 그뿐인가. 누군가의 부주의로 화재가 발생하기도 하고, 도둑이 들기도 하며, 천재지변으로 건물이 손상될 때도 있다.

시간이 얼마나 흐르든 어떤 일이 발생하든 중개한 물건에 대해 공인중개사가 끝도 없이 책임을 져야 한다면, 그 책임에서 자유로울 수 있는 공인중개사는 과연 몇 명이나 될까? 또 자신들조차 예측할 수 없는 경제 상황과 가정사까지 공인중개사가 책임져야 한다면, 그 무한 책임에 대한 대가는 과연 얼마가 합당할까? 그리고 그렇게 발생한 일들에 대한 공인중개사의 도의적 책임은 과연 어디까지이며, 언제까지 지속되어야 하는 것일까?

도의적 책임을 거론했던 그 고객과는 긴 대화 끝에 웃으면서 헤어졌다. 그런데도 마음 한편엔 찝찝함이 남았다. 며칠간은 '도의적 책임'이라는 단어가 명치 언저리를 쿡쿡 찌르는 듯했다. 도의적 책임? 좋다! 그렇다면 최선을 다해 중개하고도 마음의 상처를 입게 된 나에 대한 도의적 책임은 과연 누가 져주는 것일까.

계약에 끼어든 뜻밖의 불청객

마당이 있는
주택,
그곳에서
'아빠'의
자리는…

요즘은 십 년이면 강산이 변한다는 말조차 변해버린 듯하다. 불과 수년이면 사람들의 관념과 기호가 바뀐다. 사람 간의 정(情)을 중시하던 문화도 그렇다. 이사 오면 이웃에 떡을 돌리던 어제가 있었냐는 듯, 요즘 사람들은 이웃의 얼굴조차 알지 못하는 경우가 많다. 범위를 가족으로 좁혀도 마찬가지다. 가족의 지위와 역할, 서로 간의 관계 역시 예전과는 사뭇 다르다. 공인중개사로 살다 보면 종종 그 집에 들어가 살 가족의 뜻하지 않는 모습을 목격할 때가 있다.

중년 부부가 집을 내놓았다. 입주한 지 얼마 되지 않았고, 집값 역시 하락세여서 나는 왜 집을 팔려 하는지를 물었다. 그들은 큰 개 두 마리를 키우고 있었는데 개와 함께 살기 편한, 마당 있는 주택으로 이사 가기를 원한다고 답했다. 개를 위해 집을 빨리 옮기고 싶으니 서둘러 매물을 팔아달라는 부탁도 덧붙였다.

집을 보러 갈 때면 황소만 한 개들이 내게 덤벼들었다. 평소 개를 무서워했던 나는 그럴 때마다 질색했다. 다행히 남자가 항상 집에 머물러 있었고 그때마다 개들을 제지해주었다. 집은 시세에 비해 저렴했고 수리 상태도 좋았던지라 계약은 어렵지 않게 성사됐다.

잔금을 치르는 날, 명의자인 아내 대신 남편이 아이들과 함께 서류를 챙겨 왔다. 매도인의 담보대출 상환 등 각종 공과금을 정산하느라 한창 집중을 하고 있을 때였다. 초등학생 아이가 탁자로 다가와서 자꾸만 참견하려고 했다. 남자가 아이의 머리를 쓰다듬으면서 말했다.

"어른들 지금 중요한 걸 하고 있잖니. 저쪽 의자에 가서 앉아있으렴."

아빠의 말을 듣지 못한 걸까. 아이는 남자 옆에 딱 붙어 서류와 어른들을 유심히 지켜보고 있었다. 보통 아이들은 이런 데 관심이 없는데 특이한 녀석일세……. 관리비 정산

을 하는데 매수인이 남자에게 잔돈 290원을 줘야 하는 계
산이 나왔다. 매수인이 탁자 위에 동전을 올려두고 세려
하자, 남자가 웃으면서 "290원은 그냥 두세요"라고 말했
다. 그러자 정산 과정을 빠짐없이 지켜보던 아이가 남자를
훈계하듯 말했다.

"아빠! 290원은 돈 아니에요? 그런 작은 돈들이 모여
큰돈이 되는 거예요!"

나와 매수인은, 그때까지는 재밌는 에피소드 정도로 받
아들였다. 그래서 "똘똘하네", "어디 가서 밥 굶지는 않겠
구나", "어린 나이에 경제관념이 투철하네" 하며 연신 아
이를 칭찬했다. 그런데 아이가 탁자 위에 올려 둔 돈뭉치
에 손을 뻗으면서 말했다.

"이거 다 우리 엄마가 힘들게 벌어 오시는 돈이에요. 그
러니까 조금이라도 틀리면 안 돼요."

일순간 분위기가 어색해졌다. 당황한 남자가 마시던 생
수병을 넘어뜨려 물이 약간 쏟아졌다. 그러자 아들이 두
손을 양 허리에 올리고, 짐짓 어른 흉내를 내며 말했다.

"어휴, 내가 그럴 줄 알았어. 맨날 아빠는 사고만 친다
니까! 그러니까 엄마가 돈 벌어 오느라 고생하지."

분위기는 더욱 냉각되었다. 나는 남자의 눈치를 살폈다.

남자는 이런 일이 처음이 아니라는 듯 아이에게 별다른 대
꾸 없이 묵묵히 물을 닦아내기만 했다. 아마 남자는 실직
상태에 놓여있는 모양이었다. 그래서 그동안 집을 보러 갈
때마다 반려견을 관리하며 집에 있었던 거구나. 휴지를 돌
돌 풀고 있는 남자의 입은 굳게 닫혀있었다. 말할 게 있으
나 말하지 않는, 소리 내고 싶으나 소리 내지 않는 사람의
입이었다.

　나는 가장에게 어떤 아쉬운 점이 있더라도 자녀들 앞에
서는 권위를 지켜줘야 한다는 관념을 지닌 세대다. 부모라
는 자리에서 양육을 하는 사람들이라면 가급적 서로를 '존
경받는 아빠', '존경받는 엄마'로 만들어 줘야 한다고 생각
한다. 물론 나도 이러한 전통적인 가족관이 통용될 수 없
는 시대에 살고 있고, 요즘 아빠들에게 '권위'만큼이나 '공
감 능력'도 중요하다는 걸 잘 알고 있다. 우리가 자연스레
이웃의 얼굴을 모르게 된 것처럼, 내가 지닌 보수적인 관
념 역시 시대상에 따라 서서히 허물어져 가고 있는 걸지도
모른다.
　그러나 이웃이 누군지 모른다 해서 이웃을 배려하지 않
고 내 집에서 내 마음대로 살아갈 수 있는 건 아니다. 마찬

가지로 아빠의 미덕과 역할이 시대에 따라 달라질지언정 남편과 아빠에 대한 예의와 배려조차 사라져서는 안 된다. 아이가 밖에서 아빠를 업신여기는 말을 자연스레 할 정도면, 집 안에서 아빠를 대하는 가족 구성원들의 모습이 어떨지 대략 가늠이 됐다. 비록 경제활동을 하지 못하는 상황에 처해있을지라도 남편이자 아빠이지 않은가. 예의와 존중은 아무리 가까운 사이더라도, 아니 가까운 사이이기에 더더욱 필요하다.

물기를 다 닦은 그의 얼굴이 어딘가 어두워 보였다. 무슨 말이라도 해서 분위기를 바꿔볼까 고민하다가 아무 말도 하지 않는 것이 좋을 듯싶어 나 역시 침묵을 지켰다.

계약 절차가 마무리되고, 그는 서류와 잔금을 챙긴 다음 자리에서 일어섰다. 그때까지 그는 아들한테 단 한 번의 제지나 주의를 주지 않았다. 밝게 웃지도 않았다. 다만 본래 점잖은 품성을 지녔던 듯, 매수인과 나에게는 계약이 끝날 때까지 시종일관 예의 바른 태도를 유지했다.

사무소 밖에 주차된 차에서 가족을 기다리던 개 두 마리가 꼬리를 흔들며 창문에 얼굴을 비벼댔다. 아빠와 함께 걸어나가던 아이들은 약속이라도 한 듯 반려견의 이름을 부르며 차로 뛰어갔다. 잠시 멈춰서 그 모습을 바라보던 남자는 어두운 표정으로 운전석에 올라탔다.

2021년 3월, 법무부는 반려동물의 법적 지위를 개선하는 내용의 민법을 추진한다고 밝혔다. 동물이 사유재산이 아닌 '가족'으로 인정받을 수 있는 길이 열린 것이다. 하지만 작고 귀여운 새 가족에만 시선을 둔 탓에, 언제나 우리에게 든든한 그늘이 되어주었던, 또 다른 가족에게는 소홀하고 있지는 않을까.

나는 멀어져 가는 차를 바라보았다. 차는 점점 멀어졌지만 어깨를 움츠린 채 얼굴이 잔뜩 굳어있던 남자의 모습은 여전히 내 앞에 남아있었다. 반려견 두 마리가 마당 있는 곳에서 편히 뛰어놀 수 있는 집을 찾아 이사 간 그들의 가족 사랑이, 남자에게도 흘러넘쳤으면 좋겠다.

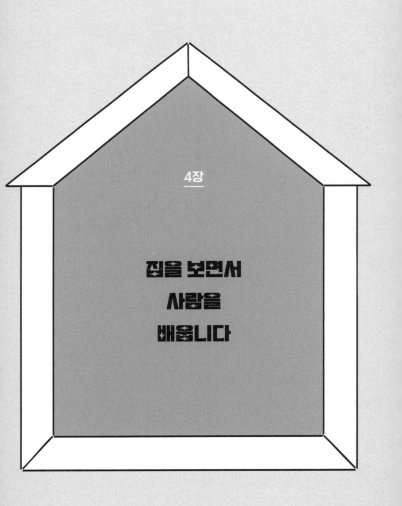

4장

집을 보면서
사람을
배웁니다

세상을 감싸는 다정함

중개사무소를 드나드는 사람이 많다 보니, 어떤 사람은 기억하고 어떤 사람은 기억하지 못하게 된다. 아니 중개업 초반에만 해도 사람 얼굴만 보면 저절로 몇 동 몇 호가 떠올랐고 핸드폰에 전화번호만 떠도 계약만기일이 오버랩되었다. 그러나 거쳐 간 고객들이 늘어날수록 모든 기억이 뒤섞이고 무뎌져서 긴가민가 갸우뚱한 상황이 자주 연출되었다. 상대방은 중개사가 본인을 기억할 거라고 생각하기 마련인데, 정작 중개사가 계약서철을 뒤적이고 있으면 내심 섭섭할 수도 있다. 그래서 나름 터득한 처세술이 기억이 안 나도 나는 듯, 모르겠어도 아는 듯한 애매한 태도를 유지하는 것이다.

중년여성이 전화를 걸어왔다. 우리 중개사무소에서 꽤 멀리 떨어진 지역의 아파트를 구입해 달라는 것이다. 개업 공인중개사들은 서로 매물 현황을 공유하기 때문에 의뢰받은 매물이 다소 떨어진 곳에 위치하더라도 공동중개가 가능하다. 그러나 원거리 중개사무소를 통해 물건을 찾는 경우는 주로 그 사무소와 특별한 관계가 있을 경우가 대부분이다. 일반적인 경우는 아니었기에 나는 잠시 갸우뚱했다. '왜 그 아파트를 우리한테 구해달라 하지? 예전에 거래했던 손님인가?'

그녀에게 집을 보여주기로 하고 날짜를 잡았다. 하지만 다른 일이 겹쳐서 우리 사무소의 다른 공인중개사가 대신 만나 보여주기로 했다. 공인중개사가 손님을 만나고 온 후 나에게 물었다.

"그 손님, 대표님이랑 잘 아시는 분인가 봐요?"

"아뇨. 통화만 했는걸요."

"그래요? 그분 그 아파트 단지에 사시던데 왜 그 단지 중개사무소로 안 가고 굳이 멀리 떨어진 우리한테 전화를 하셨을까요?"

나 역시 의아했던 점이다.

"뭐…… 예전에 저랑 거래했던 분일 수도 있고, 다른 고객이 소개해 주신 걸 수도 있죠. 직접 얼굴을 보면 알 수 있지 않을까요?"

당시 나는 내 기억력을 무시하고 있었다. 그즈음 마트나 식당에서 반가이 인사하던 고객들을 못 알아보고 얼떨떨했던 기억이 많았기 때문이다. 공동중개였기에 계약서는 물건을 보유한 그쪽 아파트 단지에 있는 중개사무소에서 작성하게 되었다. 나는 그녀를 마주치면 알아볼 수 있으리라는 약간의 확신을 가지고 차에 올라탔다. 하지만 사무실 문을 열고 마주한 그녀는 전혀 안면이 없는 사람이었다. 나는 어색하게 말을 걸었다.

"어…… 안녕하세요? 전화로 인사드렸던……."

그러자 여자는 마치 깊은 친분이라도 있는 지인을 만난 듯 반색했다.

"아, 중개사님 반가워요. 어서 오세요."

사람이 느끼는 공포는 주로 '알 수 없음'에서 온다는 말을 들은 적이 있다. 여성의 눈빛에 담긴 따뜻함이 클수록 나는 내가 기억하지 못하는 일이 있을까 봐 두려웠다. 또한 내가 그녀를 잊어버린 거라면 그 사실을 알게 된 그녀가 서운함을 느낄까 봐 걱정이었다. 나는 기억나는 듯, 알고 있다는 듯 말하고 행동했다. 그러면서 여자와 나의 접점을 찾으려고 노력했다. 하지만 대화가 끝날 때까지 나는 어떤 실마리도 찾지 못했고 그렇게 그녀는 온화한 미소를, 나는 어색한 미소를 띠며 헤어졌다.

시간이 지나고 잔금을 치르는 날이 다가왔다. 멀리 있음에도 일부러 나를 찾아 의뢰해 준 고객께 감사한 마음을 전하고자, 입주 선물을 사서 아파트를 찾아갔다. 이삿짐을 옮기느라 분주한 사람들 속에서 그녀를 찾고 있는데 뜻밖의 낯익은 얼굴을 발견했다. 중개사무소에 택배 물품을 전달해 주시는 분이었다. 이내 그도 나를 발견하고서는 환하게 웃으며 팔을 흔들었다. 나 역시 팔을 흔들어 남자의 인사에 화답했다.

이사 날에 택배로 물건을 주문한 건가? 혼자서 궁금해하고 있는데 웬 손이 불쑥 나타나 내 팔을 잡았다. 나를 따뜻한 시선으로 봐주었던, 하지만 끝내 내가 기억해 내지 못한 여성이었다. 여자는 내 팔을 이끌어 남자의 곁으로 다가갔다.

"아들이에요. 우리 아들."

아…… 뭉쳐있던 실타래가 풀리는 느낌이 들었다. 여자

가 말을 이었다.

"아들이 사업에 실패하고 몇 해 전부터 택배 일을 시작했어요. 택배…… 아무나 하기 어려운 일이지. 꼭두새벽부터 밤늦게까지 쉬지도 않고 일해야 하거든. 밥때 놓치는 거야 비일비재하고, 사람 취급도 잘 못 받아요. 가슴이 찢어지지……."

나는 대답 대신 고개를 끄덕였다. 여자는 깊게 한숨을 내쉬고는 말을 이었다.

"그런데 언젠가부터 아들이 중개사님 얘기를 자주 했어요. 부동산에 택배를 전달할 때면 꼭 중개사님이 쫓아나와서 음료수를 두 개씩이나 준다고. 그러면서 앞으로 이사 갈 일이 있다면 꼭 그 중개사님 통해서 계약하고 싶다고 했어요."

언젠가 무척이나 더웠던 날, 사무소를 방문한 택배 아저씨가 땀을 뻘뻘 흘리고 있었다. 나는 그에게 날도 더운데 택배를 시켜서 미안하다 말하고 음료수를 건넸다.

그 뒤로 사무소에 방문하는 우편집배원이나 택배 아저씨들한테 음료수를 챙겨 주는 게 습관이 되었다. 처음엔 한 개씩만 건네다가 어느 순간부터 두 개씩 드렸다. 하나면 충분하다고, 이것만으로 너무 감사하다고 말하는 분도 있었다. 나는 웃으면서 답했다.

"하나는 지금 드시고 나머지는 일하시다 목마를 때 드세요."

분명히 밝히건대 나는 친절이 몸에 밴 사람도, 특별히 착한 사람도 아니다. 단지 어떤 상황에서 '이렇게 하는 것이 좋겠다'는 원칙이 생기면 그 원칙을 쉽사리 깨지 않는 사람이다.

주던 걸 안 주면 마치 빚진 것마냥 마음이 불편했다. 우연히 눈이라도 마주치면 오늘은 왜 음료수를 안 주는지 묻는 것 같았다. 그래서 나는 아예 업무 지시사항에 '배달원 분들께 음료수 두 개 드리기'를 기재해 놓았다. 그렇게 해서 음료수 두 개씩을 챙겨드리는 건 우리 중개사무소의 규칙이 되었다.

어떤 선의라든가 신념에서 행한 일은 아니다. 그냥 내 마음이 편하자고, 나 스스로 원해서 한 일이었다. 그런데 그게 누군가에게는 특별한 일이었나 보다. 내 사소한 행동이 누군가에게 어떤 의미를 부여했다는 사실이 쑥스러웠다.

선물을 건네고 집을 나오려는데 여성이 내게 자양강장제 두 병을 건넸다.

"하나는 지금 드시고, 또 하나는 일하시면서 드세요. 고마웠어요."

다정함은 사라지지 않는다. 사람이 사람에게 건넨 다정함은 그 사람의 마음을 덥히고는 굴뚝을 통해 빠져나오는 연기처럼 세상 밖으로 흘러나온다. 그렇게 다정함은 돌고 돌아 세상의 온도를 조금씩 높여준다.

사무소로 돌아가는 길 내내 마음속의 몽글함이 사라지지 않았다. 냉장고에 음료수가 얼마나 남아있더라. 아직은 여유가 있을 것 같지만, 오늘은 슈퍼에 들러 좀 더 채워놔야겠다는 생각이 들었다.

아름다운 건 언제나 슬프다

선남선녀가 중개사무소를 찾았다. 존재만으로도 사무실에
향긋한 향기가 꽉 차는 느낌이었다. 그림 같은 신혼부부구
나 하고 생각했는데 알고 보니 남매 사이였다. 그렇게 둘
은 전세계약을 마치고 사무소를 빠져나갔다.

입주일로부터 석 달쯤 지났을까, 남자가 임차인 명의를
누나로 바꾸고 싶다고 말했다. 나는 알겠노라고 답한 뒤,
임대인에게 전화를 걸었다. 그런데 임대인이 계약서를 다
시 써주는 조건으로 일본행 왕복 비행기 값을 요구하는 게
아닌가. 자신은 지금 일본에 있으니 비행기 값을 줘야 명
의를 바꾸는 데 동의할 수 있단다. 나는 이미 한 번 한 계

약의 명의만 변경하는 것이니 굳이 오지 말고 위임장만 보내달라고 말했다. 하지만 여러 번 설득해도 막무가내였고, 결국 남자는 임대인에게 비행기 값을 지급했다.

우여곡절 끝에 계약자 변경을 마치고 오래지 않아 남자가 다시 나를 찾아왔다. 그는 내게 이사를 가겠다고 말했다. 나는 남자에게 이렇게 금방 이사를 갈 거면서 왜 비행기 값까지 지급하며 임차인 명의를 바꾼 거냐고 물었다. 그는 약간 고민하는 듯 하더니 말문을 열었다.

남자는 희귀병을 앓고 있었다. 병을 앓기 전 촉망받던 프로그래머였던 남자는 어느 날 원인 모를 병에 걸려 다니던 직장도 그만두고 병을 치료하기 위해 동분서주했다. 하지만 대학병원에서 임상실험까지 받았지만 병은 호전되지 않았다. 그사이 병원비는 눈덩이처럼 불어났고, 결국 보증금마저 압류될 상황에 처했다. 그래서 임대인에게 비행기 값까지 주면서 전셋집의 명의를 변경한 것이다. 하지만 병원비로 쓴 사채와 생활비 때문에 더는 버티기가 힘들어졌고, 결국은 다시 전세금을 빼기 위해 나를 찾아왔다고 한다.

나는 누나에게 도움을 받을 수는 없는 건지 조심스레 물었다. 남자는 한숨을 내쉬더니 고개를 저었다. 누나 역시 여든 살이 넘은 어머니를 뒷바라지하고 동생의 병원비를 감당하느라 상황이 여의치 않다고 했다. 그리고 평생토록 치료받아야 하는 자신 때문에 누나가 힘들게 살고 있는 모습을 지켜보고 있자니 죽고 싶을 정도로 괴롭다고 덧붙였다.

나와 남자는 고작 두세 번 만난 사이다. 우리는 공인중개사와 고객일 뿐, 서로의 내밀한 사정을 이야기할 만큼 가까운 사이는 아니었다. 하지만 어떤 고통은 내가 상대방에게 느끼는 친밀감과는 무관하게, 온전히 내 마음속으로 전해지곤 한다. 내 앞에서 눈물을 훔치며 이야기를 털어놓는 이 남자의 사연이 그랬다. 나는 남자의 어깨에 손을 얹지도, "다 괜찮아질 거예요"라는 흔해빠진 위로도 건네지 못했다. 그저 이제는 다 식어 무슨 맛인지조차 모를 커피만 홀짝였다. 남자는 병이 생긴 후에는 세상을 등지고 살아 이런 이야기를 나눌 사람조차 없다고 말했다. 그날 이후 어디선가 자꾸 남자의 울음소리가 들려오는 것만 같았다.

시간이 지나고 남자가 이사를 나가는 날, 사채업자 두 명이 사무소를 방문했다. 탁자 위에 버티고 앉아있는 사채업자들을 보고 있자니 속이 매스꺼웠다. 나는 그들에게 말했다.

"여기는 중개사무소입니다. 공인중개사인 내가 중개 업무를 진행하는 동안은 밖에서 기다려 주세요."

결국 사무소 밖으로 나가 유리창에 붙어 돈을 주고받는 걸 지켜보던 사채업자들은, 잔금을 치르자마자 쫓아 들어와 남자의 손에 들려있던 보증금을 낚아채갔다.

나는 남자가 내게 건넨 중개보수를 흰 봉투에 담았다. 그리고 차마 사무소에 들어오지는 못하고, 문밖에 서서 떨고 있던 노모에게 봉투를 건넸다.

"어머님, 이걸로 따님이랑 아드님한테 맛있는 점심 사주세요. 지난번 계약자 변경 때 임대인한테 비행기 값 주셨던 것, 제가 조금 돌려드리는 거예요."

그녀의 눈에서 메마른 눈물이 터졌다. 숨죽여 오열하는 노모를 부축하며 남자가 빨개진 눈으로 나를 한참 동안이나 쳐다보았다. 노모는 잠시 후, 화분과 반찬을 들고 와 고맙다는 인사를 연신 남기고 떠나갔다.

나는 멀어지는 두 모자의 뒷모습을 바라보며 생각했다. 부디 저 가족의 앞날에 좋은 일만 있기를, 다시 사무소를 방문할 때는 병이 완치됐다는 자랑을 늘어놓기를, 아름다운 남매가 더는 비참함을 느끼지 않기를 말이다.

다음 날, 경찰서에서 전화가 걸려왔다. 형사는 남자가 모텔에서 스스로 생을 끊었고, 지갑엔 중개사무소 명함 한 장만 달랑 있어 내게 전화를 했단다. 남자는 내가 건넨 봉투로 노모, 누나와 함께 식사를 한 후 수중에 남은 돈을 누나에게 쥐여주고 모습을 감췄다고 한다. 순간 모든 게 비현실적인 소설 같다는 생각이 들었다. 어디선가 남자의 울음소리가 다시 들려오는 듯했다.

노모가 놓고 간 화분에서는 해마다 연분홍 꽃망울이 맺힌다. 손가락으로 톡 건드리면 꽃잎을 떨어트릴 것만 같은, 누군가의 어깨처럼 가냘픈 몸피가 애처로워 보인다. 꽃향기가 퍼지면 남매가 처음 사무소 문을 열고 들어서던 그날이 떠오른다. 내게 와 꽃향기만 남기고 사라져 간 그들은, 나의 가장 아름답고 슬픈 고객들이었다.

아직은 볕이 너무 좋은데

출근길에 허름한 정육식당이 하나 있다. 점심식사로 고기를 먹을 일은 없고 저녁에는 퇴근하기 바쁘다 보니 그 식당에 갈 일은 거의 없다. 그러던 어느 날, 식당 주인이 내게 전화를 했다.

통성명을 안 했다 뿐이지 익히 얼굴은 튼 관계인지라 목소리에는 반가움이 돌았다. 한창 식당 자랑과 근황을 전하던 아주머니는 동생이 지낼 만한 월셋집을 찾는다고 했다. 식당 바로 옆 건물에는 다른 중개사무소가 있다. 그런데 왜 일부러 내게 전화를 한 건지 의아했지만, 마침 인근에 단독주택이 월세로 나온 매물이 있어 알려주었다. 아주머니는 집을 보기로 했고, 집을 본 뒤에는 계약까지 하겠노라고 말했다.

그런데 며칠 뒤, 아주머니에게서 전화가 왔다. 그 후 동생이 와서 식당 옆에 있는 다른 사무소를 통해 내가 아주머니에게 보여주었던 집을 봤고, 집이 마음에 들어 그곳에서 계약까지 진행하기로 했단다. 아주머니는 이미 우리 부동산과 계약하기로 결정하고 세입자와 이사 날짜까지 협의한 상태였다. 그런데 동생은 언니가 당연히 식당 옆 부동산과 계약하기로 한 줄 알고 그곳으로 찾아간 것이다. 어쩔 줄 모르는 아주머니에게 나는 담담하게 말했다.

"괜찮아요. 어쩔 수 없는 거지요."

계약이라는 것도 다 운이 맞아야 한다. 억지로 되는 계약은 없다. 더군다나 변두리에 있는 저렴한 단독주택 월셋방을 중개하는 일은 품에 비해 중개보수율이 낮다. 그렇기에 다른 곳에서 계약하겠다는 걸 섭섭해하고 미련을 가질 필요는 없다. 또 중개를 하다 보면 이런저런 다양한 일을 겪기 마련이다. 나는 "내가 약속한 건데, 미안해서 어쩌나…… 이건 경우가 없는 건데"라고 말하며 안절부절못하는 아주머니에게 정말 괜찮으니 편하게 옆 부동산에 가서 계약하시라고 말했다.

그렇게 일이 마무리 지어지는 줄 알았는데 아주머니는 이후로도 여러 번 전화를 해서 연신 미안하다고 반복했다. 그럴 때마다 괜찮다며 그녀를 다독였지만 마음속에서는 '왜 괜찮다는데 자꾸 전화를 하지?' 하는 의문과 함께 귀찮은 생각도 들었다. 그러던 차에 아주머니가 무언가 결심한 듯, 단호하게 말했다.

"아무래도 안 되겠어. 거기서 계약할래요. 옆 부동산에도 내가 중개사님이랑 계약해야 한다고 말했어요. 내일 시간 잡아줘요."

다음 날 아주머니의 동생과 만나 계약을 했다. 살다 보니 이런 식으로 손님이 끈질기게 붙드는 계약도 있구나. 신기했다.

잔금을 치르고 동생분이 건넨 중개보수를 받았다. 그리고 그중 일부를 봉투에 넣어 퇴근길에 정육식당을 찾았다. 귀찮을 정도로 '경우'를 따지며 계약해 준 그 마음이 고마웠고, 혹시 옆 부동산한테 싫은 소리라도 들었을까 걱정되는 마음에 찾은 발길이었다.

저녁식사 손님이 몰릴 시간이었지만 식당은 그다지 분주하지 않았다. 주방에 있던 아주머니한테 봉투를 건네자

아주머니는 한사코 손을 저었다. 그러더니 온 김에 커피나 마시고 가라고 하면서 이야기를 시작했다.

"중개사님 사무소 앞에 매일 채소 말리던 할머니 기억하시죠? 허리 휘어진……."

"아…… 그 할머니 아세요?"

언젠가부터 중개사무소 출입문 앞쪽에 온갖 나물이나 채소를 펼쳐놓고 말리던 할머니 한 분이 계셨다. 사무소 출입구 앞이 주변에 있는 길보다 높고 반듯하게 정돈돼 있는데, 아마도 노인분 눈엔 그곳이 돗자리 펴기 제격인 자리로 보였나 보다. 호박이며 가지며 종류도 다양한 채소를 출입문 바로 앞까지 널어놓아서 손님들이 출입하기에 여간 불편한 게 아니었다. 심지어 문을 열 수 없을 정도인 날도 있었다.

나는 할머니에게 제발 출입문 앞만 피해달라고 여러 번 부탁을 드렸다. 하지만 할머니는 귀가 어두우신 건지 아니면 못 들은 척을 하시는 건지, 다음 날이면 아랑곳 않고 출입구까지 점령하셨다. 거동이 불편해 보일 정도로 허리가 휜 할머니의 유일한 업(業)처럼 보이는 일인지라 다른 곳으로 옮겨 가시라고도 말할 수 없었다. 그저 할머니가 계시지 않을 때 돗자리를 이리저리 밀어 간신히 길만 터놓을 뿐이었다.

앉아있는 것조차 힘들어 보이는 분이 대체 누굴 위해 하루 종일 쭈그려 품을 팔고 계신 것일까. 할머니의 모습에서 자식들이 먹지도 않을 반찬을 만드는 친정엄마가 겹쳐 보였다. 그래서일까. 나는 여기서 이러면 안 된다는 말 대신 음료수도 건네고 앉은뱅이 의자도 놓아드렸다. 어차피 겨울이 오면 나오시기도 힘들 것이다. 볕이 좋을 때까지만 할머니의 행동을 응원해 드리기로 했다.

갈수록 외출하기가 힘드셨을까. 할머니가 채소를 넣어만 놓고 내다보시질 않는 날이 늘어갔다. 졸지에 나는 할머니가 넣어놓은 채소의 관리인이 되어버렸다. 갑자기 비가 오면 뛰어나가 거둬들이고, 다시 빛이 나면 자리를 펴서 말리고…… 가끔은 내가 이걸 왜 하고 있나 싶었다.

그때의 기억을 떠올린 나는 웃으면서 아주머니에게 물었다.

"그 할머니를 어떻게 아세요? 가지 말려 놓으신 거 거둬가질 않으셔서 제가 봉지에 담아 놓았잖아요. 언제 가져가실런가, 요즘엔 도통 보이질 않으시네요?"

내 말을 들은 아주머니는 "내가 못 살아"라고 혼잣말을 중얼거리더니 이어 말했다.

"친정엄마예요. 식당 반찬 만들 때 쓰라고 매번 채소를 손질해서 그 앞에 널어두셨는데, 남의 가게 앞에다 그러시면 안 된다고 말려도 소용이 없더라고요. 고집도 그런 고집이 없어. 그런데 엄마가 거기 갈 때마다 중개사님이 음료수도 주고 의자도 내줬다고 무지 자랑하시더라고요."

그랬구나. 듣고 보니 아주머니의 눈매 위로 할머니의 눈매가 겹쳐 보였다. 뒤늦게 모녀가 붕어빵이란 생각이 들었다. 커피를 홀짝거리던 아주머니가 말을 이었다.

"지난주에 지병이 심해지셔서 요양병원에 들어가셨어요. 이제 살아서는 못 나오실 것 같아요……. 그동안 불편했죠? 이제 사무소 주변에다 그렇게 널어놓을 일 없을 거예요."

문득 사무소에 보관해 둔 가지가 생각났다. 할머니가 굽은 허리를 더 굽혀 나란히 놓아둔 가지들. 이제 다시는 그녀의 손을 탈 수 없는 채소들을 떠올리며, 아직은 볕이 너무 좋다는 생각을 했다. 겨울은 아직 저만치 멀리 있는데, 할머니는 너무 서둘러 길을 떠나고 계시는구나.

"내가 뭐라도 해드리고 싶었어요. 중개사님한테 고마워서요. 그런데 식당일 하면서 겨우 먹고 살다 보니 부동산

갈 일이 없더라고요. 마침 동생이 여기로 이사 온다고 해서……. 이제야 조금 마음이 편하네요."

불편한 몸을 이끌고 돗자리 위에 채소를 널던 손도, 연신 내게 전화를 걸어 미안하다고 말하던 목소리도 모두 이해되는 순간이었다. 집과 사람을 연결하고, 사람과 사람을 연결하다 보면 양쪽의 마음이 내 마음 위로 포개질 때가 있다. 이런 겹침의 순간, 나는 내 삶과 직업이 조금 더 애틋하게 느껴진다.

중개사무소 앞에 내리쬐던 햇볕은 할머니가 계신 요양원 위로도 내려앉을까. 앉은뱅이 의자에 앉아 채소를 매만지던 할머니의 모습이 문득 문득 그립다.

그에게는 있지만 우리에게는 없다

"아, 아, 아주머니. 저 집 사, 살려고요. 사장님이 이, 이번
달부터 월급 올려준대요!"

해를 품은 하늘이 물비늘처럼 반짝거리던 오후, 남자가
헤벌쭉 웃으며 말했다. 그는 처음 본 집이 마음에 쏙 들었
는지 바로 계약을 하겠다고 나섰다. 나는 매물 두세 개는
더 보고 비교해야 한다고 권유했지만 그는 온몸을 흔들며
고개를 저었다.

"지, 지, 지금 본 집이 너무 좋아요. 그, 그, 그냥 그걸로
할게요."

상태가 좋은 집은 아니었던지라 나는 남자의 반응이 의

아했다. 뭐야, 그냥 관광 손님인가? 머리가 땅에 닿도록 꾸벅 인사하고 돌아서는 그의 모든 것이 미덥지 않았다. 다시 올 거라곤 생각 못 했다.

다음 날 남자의 누나가 내 명함을 들고 찾아와서 말했다.

"안녕하세요. 제 동생이 꼭 중개사님한테 집을 사야 한다고 해서요."

그녀는 남자가 딱 하나 보았던 그 집을 바로 계약했고, 그날 이후부터 남자는 퇴근하면 제집처럼 중개사무소에 들렀다. 어떤 날은 아이스크림, 어떤 날은 박카스를 사들고 와 내게 말을 걸었다. 말을 더듬고 발음 역시 좋지 않아 대화가 쉽지는 않았지만, 그래도 그의 말에 집중하고자 노력했다.

고객과 함께 아파트 단지를 돌고 있노라면 남자는 "고, 고, 공인중개사님!" 하고 고래고래 소리를 지르며 달려왔다. 마치 이산가족 상봉의 현장처럼, 반갑게 나를 맞아주는 그가 우습기도 했고 사람들의 시선이 부끄럽기도 했다.

하루는 초등학생 딸이 사무소에 들렀던 적이 있다. 남자는 "아, 아주머니 딸인가요? 이, 이쁘네요"라고 말하면서 딸에게 박카스를 건넸다. 당황한 딸은 눈만 동그랗게 뜬 채 나와 남자를 번갈아 보았다. 그러더니 손에 있던 박카스를 탁자 위에 두고는 재빨리 도망쳐 버렸다.

자주 찾아오는 사람은 언제나 반갑지만 그와 동시에 조금 귀찮다는 생각이 들기도 한다. 이런 양가적인 마음이 가슴속에서 시소를 탈 무렵, 그가 해진 사진 한 장을 꺼내서 보여주었다.

"아, 아, 아주머니. 나 이 여자랑 겨, 결혼할 거예요. 아, 아, 아주머니처럼 예, 예뻐요."

사람들은 그를 '이퍼센트'라고 불렀다. 착하고 예의 바른 청년이지만 그에겐 2%가 부족한 뭔가가 있었다. 몇 달 뒤, 남자는 자신과 걸음걸이와 표정이 비슷한 여자의 손을 잡고 중개사무소를 방문했다. 오랜만에 사무소를 찾은 그가 반가워 나는 활짝 웃어 보였다. 그들도 나를 보더니 온몸을 흔들며 환하게 웃었다.

그들은 몇 달에 한 번 혹은 몇 년에 한 번 사무소 문을 두드렸다. 더운 여름이면 함께 에어컨 바람을 쐬며 아이스크림을 먹었고, 추운 겨울에는 호빵을 사서 나누어 먹었다. 발음이 조금 어눌해도, 생각이 대책 없이 순수해도, 말할 때마다 온몸을 흔들어 대도 상관없었다. 사람들은 그가 2% 부족하다고 '이퍼센트'라고 불렀지만, 나는 오히려 그들의 모습을 보며 내게 부족한 2%를 체감했다.

그러던 어느 날, 통통 하고 유리창 두드리는 소리가 들렸다. 깜짝 놀라 뒤를 쳐다봤다. 남자와 남자의 아내가 여느 날처럼 손을 잡고 온몸을 흔들며 환하게 웃고 있었다. 아니, 여느 날과는 달랐다. 그 둘은 서로의 손이 아닌 한 아이의 왼손과 오른손을 잡고 있었다. 그들에게 아이가 생긴 것이다.

나는 반가운 마음으로 달려가 그들에게 아이스크림 세 개를 건넸다.

"고, 고, 고맙습니다. 아, 아주머니!"

남자가 꾸벅 인사하자 그의 아내도 따라서 꾸벅 인사했다. 그런 아빠와 엄마의 모습을 번갈아 보던 아들도 해맑게 웃더니 내게 꾸벅 인사를 했다.

나는 아이스크림을 입에 문 채 멀어지는 그들을 배웅했다. 그들은 걸어가면서도 온몸을 흔들며 웃었다. 그들이 지나갈 때마다 웃음으로 가득 차는 거리를 보면서, 나는 언제 그들처럼 크게 웃어보았는지를 기억해 내려 애썼다.

그 뒤로 오랫동안 남자의 모습을 보지 못했다. 냉동실에 있는 아이스크림 포장지 위로 성에가 굳어가고, 내 딸이 교복을 맞춰야 할 무렵, 남자가 다시 중개사무소를 찾았다.

"아, 아, 아주머니. 저, 저, 아시죠? 저는 아, 아주머니

자, 잘 알아요."

오랜만이어서일까. 남자는 내가 자신을 기억하지 못할까 봐 걱정한 듯이 보였다. 나는 기억한다고, 아내와 아들은 잘 지내냐고 그동안의 밀린 안부를 물었다. 남자는 예의 환한 웃음과 함께 다들 잘 지낸다고 대답했다. 그러고는 최근 자신은 코로나로 인해 실직한 상태여서 가족들과 함께 시간을 보내고 있다는 말을 덧붙였다.

실직한 이야기를 하면서도 남자는 그 특유의 밝은 웃음을 멈추지 않았다. 코로나로 인해 경제적 어려움에 처한 회사가 구조조정을 했단다. 다른 사람들은 각자의 방식대로 재취업에 성공했지만, 남자는 아직 일자리를 찾지 못하고 있다고 했다. 어떤 말을 해야 할지 몰라서 망설이는 사이, 유리창을 두드리는 소리가 들렸다. 그와 동시에 남자가 벌떡 일어나 창문을 가리키며 온몸을 흔들며 웃었다. 창밖에는 남자의 아내와 어느새 엄마만큼 자란 아들이 유리창을 두드리며 웃고 있었다.

남자를 처음 본 날, 나는 우리와 신체적으로도, 정신적으로도 다른 그를 안타까워했다. 불편해 보이고, 부족해 보이기도 하는 그의 모습을 보며 나는 한순간 그가 앓는

병과 무관해서 다행이라는, 이기적인 생각을 했을지도 모르겠다. 하지만 지금 생각해 보니 오히려 남자는 유리창 두드리는 소리에도 놀랄 만큼 정신없이 사는 나를 안쓰러워했을지도 모른다.

나는 그에게 엘리베이터 없는 4층의 빌라를 중개한 것을 후회했다. 갈지자로 걷는 그의 아내가 어린 아들을 안고 가파른 계단을 오르내리는 상상만으로 입에서 쓴맛이 느껴졌다. 하지만 그와 그의 아내는 해맑게 웃으며 괜찮다고, 아무 문제 없다고 말했다. 사람들이 이 퍼센트 지나간다고 수군거리며 바라볼 때도 그의 가족들은 오히려 사람들에게 보란 듯이 웃으면서 길거리를 활보했다. 내가 온갖 근심과 걱정을 안고 아등바등 지내온 세월 동안 그들은 사소한 일에도 늘 행복해하고 감사하며 살아왔던 것이다. 나는 그들이 부러워졌다.

어쩌면 사람들이 그에게 부족하다고 느꼈던 2%는, 우리가 갖지 못한 그만의 '행복 바이러스'일 수도 있다. 우리는 우리가 미처 가져보지 못한 2%에 대한 결핍을 애써 부인하고 있는 것인지도 모른다. 잘나고 못나고의 기준도, 부족하고 넘치고의 차이도 모두 사회가 정해놓은 고정화된 틀일 뿐이며 그 기준이 언제나 누구에게나 항상 옳다고는 볼 수 없다.

　남자의 가족이 지나가는 거리는 웃음이 운무처럼 가득
차지만, 소리가 남지는 않는다. 소리가 없는 그들의 행복
은 어떤 데시벨로도 측정할 수가 없다. 그들만큼 행복해질
수는 없더라도, 딱 2%만 더 행복해졌으면 좋겠다.

장롱 속의 인연

때론
집보다
사람을
살피게
됩니다

"무슨 '007' 작전 같아요."

핸드폰 화면을 바라보던 사무소의 공인중개사가 킥킥 웃으며 말했다. 무슨 일이냐고 묻자, 세입자가 집을 내놓았는데 조건이 첩보작전 규칙마냥 까다롭단다. 나는 세입자가 보낸 문자 메시지를 확인해 보았다.

첫 번째, 집은 언제든지 볼 수 있어요. 단 메시지를 보낸 후 20분
정도가 경과하면 찾아오세요.

두 번째, 현관문은 열어놓을 테니 집을 살펴보고 나가실 땐 반드시
문을 소리 나게 닫아주세요.

나 역시 독특한 매뉴얼이 담긴 메시지를 보고는 피식 웃었다. 며칠 후, 매물을 확인하고자 그 집을 방문하게 되었다.

　세입자에게 메시지를 보낸 지 20분이 지나서 집 앞에 도착했다. 현관문은 열려있는데 불이 전부 꺼져있어 컴컴했다. 스위치를 찾아 불을 켜고 보니 집 안은 깔끔했다. 하지만 뭔지 모를 서늘한 분위기가 감돌고 있었다. 분명 아무도 없는데 무언가 있는 듯한, 등 뒤를 자꾸만 확인하고 싶게 만드는 공간이었다.

　전월세 매물이 귀한 와중에도 그 집을 계약하겠다는 사람은 나타나질 않았다. 어쩌면 집을 보러 온 사람들도 내가 느꼈던 서늘한 느낌을 받았을지 모르겠다. 임대인은 세입자가 빨리 이사를 나가고 싶어 하니 계약을 서둘러 달라고 재촉했다.

　다시 그 집을 방문한 저녁, 집을 보러 온 고객이 주방을 살피는 사이 나는 컴컴한 거실을 지나 안방의 불을 끄러 들어갔다. 그 순간 어린아이가 흐느끼는 소리가 들리는 듯했다. 온몸의 털이 곤두서는 느낌이었다. 나는 불을 켜야 한다는 생각조차도 잊은 채 그 자리에 굳고 말았다.

　"엄마…… 쉬……."

비명을 지를 뻔했다. 분명 잘못 들은 게 아니었다.

"쉬…… 쉬 마려워."

확실히 누군가 있다. 나는 침착하자고 스스로를 다독이며 안방의 불을 끄고 거실로 나왔다. 주방을 살피던 고객을 잡아끌고 짐짓 큰 소리로 말했다.

"다 보신 것 같은데 이제 그만 가실까요?"

고객은 어리둥절한 눈치더니 알겠다며 고개를 끄덕였다. 나는 쾅 소리가 나도록 현관문을 세게 닫고 나왔다.

중개사무소로 돌아오자마자 고객 정보가 들어있는 파일을 열었다.

오래전, 자매가 짐 보따리만 들고 이 집에 월세로 입주했던 기록이 있다. 당시 임대인 할머니는 무슨 야반도주라도 했는지 기본적인 살림살이도 없다며 그녀들에게 이불을 챙겨다 주었다. 갱신계약서조차 작성하지 않고 살다 보니 깜빡 잊고 있었다.

다음 날, 과일 바구니를 들고 다시 그 집을 방문했다. 언제나처럼 문은 활짝 열려있고 불은 전부 꺼져있었다. 안에 계시냐고, 잠깐 들어가도 되겠냐고 큰 소리로 말했다. 문자 메시지도 보냈으나 답장은 없었다. 나는 헛기침을 한 후에, 목소리를 높여 외쳤다.

"나 혼자 왔어요. 집에 계시는 거 다 알아요. 혼자 왔어요. 이야기 좀 해요!"

정적이 흘렀다. 사실 이 집은 빈집이고 나 혼자 착각 속에 빠진 건 아닐까 하는 생각이 잠깐 들었다. 하지만 그럴리 없었다.

"무슨 일인지 모르지만 이렇게 숨어서 보여주면 집 안나가요! 잠깐이라도 나와봐요! 이야기 좀 하게……."

잠시 후, 뭔가 쿵 하는 소리가 났다. 긴장감에 침이 꼴깍 넘어갔다. 이후 부스럭거리는 소리가 들리다 잦아들었고 뒤이어 끼릭끼릭 소리가 났다. 어둠 속에서 흐릿한 윤곽이 떠오르기 시작했다.

'휠체어……?'

휠체어에 탄 여자가 꾸벅 인사를 건넸다. 뒤이어 어린 여자아이가 나타나 여자의 옷소매를 꼭 붙들었다. 얼핏 보니 서너 살쯤 되어 보였다. 여자는 불안해 보였다. 나는 괜찮다며, 잠깐 이야기만 나누면 된다고 여자를 다독였다. 예전의 상큼함과 윤기를 잃어버린 지치고 불안한 표정. 여자는 입주했던 자매 중 동생이었다.

수년 전, 인근 아파트 앞 대로변에서 덤프트럭과 승용차가 충돌해 반파되었다는 소식에 온 동네가 들썩였다. 동생은 오랜만에 한국에 들어온 언니와 함께 고향에 있는 어머니 산소로 가던 길이었다. 그러나 신호가 바뀌자마자 주행하던 덤프트럭과 충돌하고 말았다. 그 뒤로 동생은 두 다리를 쓰지 못하게 되었다. 필리핀으로 돌아가야 하는 언니를 보내고, 동생은 혼자 남아 치료를 받으며 지내고 있었다.

나는 여자에게 애 아빠는 아직 퇴근 안 하셨느냐고 물었다. 여자는 잠깐 고민하더니 고개를 저으며 말했다.

"아이가 생겨서…… 결혼하려고 했어요. 그런데 보시다시피 제 다리가……. 그쪽 집안에서 반대가 만만치 않더라고요. 헤어졌어요."

그녀는 사고로 받은 보험금으로 생계를 유지해 오고 있었다. 그러던 차에 언니가 집을 사서 휠체어 타고 다니기 편하도록 수리를 하는 게 어떻겠냐고 물었고, 여자도 그게 낫겠다 싶어 고민 끝에 이사를 결정한 것이었다.

하지만 사고가 앗아간 건 두 다리만이 아니었다. 눈빛은 시들었고, 예전의 생기라고는 찾아볼 수 없었다. 대인기피증이 생긴 여자는 낯선 이들이 자신의 모습을 보는 걸 두려워했다. 그래서 누군가 집을 보러 올 때마다 휠체어를 보자기로 씌워놓고 아이와 함께 장롱 속에 숨어들었던 것. 이제야 첩보작전을 방불케 했던 조건들이 이해가 되었다.

우선 이사 갈 집부터 매수하기로 했다. 나는 그녀가 현재 살고 있는 집의 보증금을 대납하기로 했다. 그리고 나머지 금액은 담보대출금과 보험금을 합쳐 계산해서 소유권 이전 등기를 해주었다. 그리고 인테리어 업자를 통해 휠체어가 다니기 편하도록 집을 수리시켰다. 대납한 보증금은 그녀가 새 집으로 이사한 후 그녀가 살던 집에 들어올 월세계약자를 찾아 회수했다.

그녀가 새 집으로 이사 가는 날, 필리핀에 살던 언니가 찾아왔다. 그녀는 나를 보고 반갑게 웃으며 말했다.

"중개사님! 예전에 저희 처음 집 얻으러 왔을 때 자매가 너무 예쁘다고, 동생 삼고 싶다고 하셨죠? 그 말 잊으셨을 수도 있지만 저희는 기억하고 있어요."

그랬다. 자매를 처음 만났던 날, 풋풋하고 싱그러운 모습에 나는 그녀들에게 당신들이 내 여동생이었으면 좋겠다고 말했고, 그 말을 들은 그녀들은 깔깔거리며 웃었다. 나는 우리 사이를 훑고 지나간 세월에 대해 생각했다.

"저는 너무 멀리 살아서 동생한테 좋은 언니가 되지 못해요. 그러니까…… 중개사님이 제가 못 하는 언니 노릇 좀 함께해 주세요. 우리 동생이랑 제 조카 가끔씩 살펴봐 주세요…….”

세상에는 참 많은 사람이 살고 있다. 그리고 각자 경로가 정해진 것처럼 일정한 패턴으로 움직이고 있다. 어떤 사람은 매사 탄탄대로를 걷는 듯 보이고, 어떤 사람은 아무리 애써도 올라오기 힘든 구렁텅이에 빠져 헤매는 것처럼 보인다. 그러나 내면을 들여다보면 항상 콧노래만 부르며 살아온 사람이 없고, 노력과 고통 없이 성공을 거저 거머쥔 사람도 없다.

설혹 인생의 경로가 누군가에 의해 이미 정해졌더라도, 각자의 노력과 몸부림에 의해 어느 정도까지는 극복할 수 있다고 믿는다. 인생의 패턴은 뻔하고 인간의 능력은 무한대이기 때문이다. 그러니 내가 내 인생을 얼마나 어떻게 바꿀 수 있는지 기대하며 열심히 살아보는 것도 괜찮은 방법이다.

다양한 인생이 수많은 방법으로 스스로의 삶을 설계하는 과정에서, 인연들은 서로 어긋나고 상처가 되기도 한다. 반면에 사소한 마음이 위로가 되고 힘이 되는 관계도 있다. 내 손을 꼭 붙잡은 언니를 바라보면서, 나는 인생의 어느 경로에서 우연히 만난 사람들에게 사소한 무언가라도 해줄 수 있는 중개사라는 직업을 선택하길 참 잘했다고 생각했다.

나는 수많은 사람들을 만났고, 앞으로도 만날 것이다. 그러면서 누군가에겐 음료수를 건네고, 또 다른 누군가에겐 과일 바구니를 건넬 것이다. 앞으로도 장롱 문처럼, 굳게 닫힌 마음을 열고 내게 다가올 또 다른 인연을 기다려본다.

어쨌거나 우리는 나아간다

"저기…… 상가주택 말고 다른 데 나온 건 없나요?"

한 여성이 중개사무소 문을 다소곳이 열고 들어와 내게 물었다. 한 주 전에 남편이랑 아이들과 함께 집을 보고 간 사람이었다. 요즘 보기 힘든 다자녀 가정이어서 기억에 남아 있었다.

"찾아볼게요. 역시 심야 전기가 마음에 걸리셨군요."

내 말을 들은 여자는 대답이 없었다.

"아니면 어떤 점이……."

말을 하던 와중 바라본 여자는 왠지 그늘이 깊게 드리워진 느낌이었다. 밝고 북적거렸던 지난번의 방문과는 너무

나도 달랐다. 나는 고작 일주일 만에 묘하게 달라진 여자의 얼굴을 찬찬히 훑어보았다.

지난주에 여성은 남편과 아들 두 명, 딸 한 명을 데리고 중개사무소를 방문했다. 한 가족이 찾아왔을 뿐인데 그리 좁지 않은 사무소가 꽉 들어찬 기분이었다.

"어이구, 다 들어오셨나요? 끝이 없네요!"

아이들 소리로 소란스러운 분위기가 반가웠던 걸까, 나는 웃으면서 농담까지 했다. 내 농담에 아내가 웃었고 남편이 뒤따라 웃었다. 들어오기 전부터 재잘거리던 아이들은 언제까지라도 재잘거릴 것만 같았다. 어둠에 묻혀 다소 가라앉던 저녁 분위기가 유쾌해지는 순간이었다.

여자는 집에서 뛰어노는 아이들 때문에 층간소음을 걱정할 필요가 없는 1층 집을 찾고 있다고 했다. 나는 상가주택을 소개해 주었다. 상가주택은 아래층이 식당이라 층간소음을 신경 쓰지 않아도 되었다. 우리는 함께 집을 보러 갔고, 아이들은 다른 집이 신기한 듯 뛰어다니며 까르르 웃었다. 부부는 평온한 얼굴로 그 모습을 바라보았다. 누가 보아도 행복하고 화목한 가족의 풍경이었다.

남편은 살펴본 집이 마음에 든다며 계약하고 싶어 했다. 하지만 아내는 심야 전기를 사용해야 하는 집이란 점이 마음에 걸린다며 하루만 더 생각해 보기를 원했다.

"너무 좋은 집인데 죄송해요. 늦은 시간까지 고생해 주셔서 감사해요. 꼭 다시 연락드릴게요."

그녀는 연신 내게 인사했다. 나는 조급해하지 말고 천천히 잘 생각해 보라고 했다. 유난히 밝고 싹싹하고 예의 바른 여성이었다.

"다른 주택은 조건에 맞는 게 없네요. 집주인께서 도시가스를 설치해 줄 수 있다고 하는데, 어떠세요?"

여자는 물끄러미 신발 끝만 응시하더니 조금 더 작은 평수는 없느냐고 물었다. 나는 그래도 애가 셋인데 너무 좁으면 불편하지 않겠냐고 말했다. 여자는 무언가 말하려고 하더니, 이내 입을 다물었다. 이전과는 분위기가 너무나 달랐다.

"무슨 일 있으세요? 지난번 방문과는 분위기가 너무 달라서요."

여자는 침묵을 지키다가 어깨를 들썩이더니 이내 흐느끼기 시작했다. 나는 티슈를 뽑아 여자의 손에 쥐여주고는 그녀의 말을 기다렸다.

"남편이 떠났어요."

"……."

그녀는 눈물을 닦을 생각조차 못한 채, 쥐여준 티슈를 꽉 붙들고 있었다. 알고 보니 집을 본 다음 날 출근길에 남편이 그만 교통사고를 당하고 말았던 것. 사랑스러운 아내와 쉴 새 없이 재잘대는 아이 셋을 두고 말이다.

여자는 남편과 함께 둘러본 집으로는 이사를 가고 싶지 않다고 말했다. 그리고 넓은 집 역시 싫다고 말했다. 넓어서 사람의 빈자리가 그리워지는 그런 집 말고, 아무것도 생각나지 않고 누군가를 찾게 되지도 않을 만큼 비좁은 집을 원했다. 나는 마음을 추스르기도 힘들 텐데 왜 벌써 집을 구하러 다니는 거냐고 물었다. 여자는 살던 집이 팔려 집을 비워줘야 해서 어쩔 수 없다고 말하며 다시 고개를 숙였다.

인생이란 정말 한 치 앞도 내다볼 수 없다. 그리고 인간이라는 존재는 참으로 미약하기 그지없다는 생각이 들었다.

누가 행복하건 슬프건, 누가 태어났건 죽었건 똑같은 속도로 세월은 흐른다. 우리 삶의 변화와 상관없이 섭섭할 정도로 세월은 냉정하게 흘러간다.

결국 여자는 좁은 집의 월세를 얻었다. 그리고 1년 후,

한부모 가정에 해당돼 LH 전세임대 혜택을 받게 되었다.

나는 남편의 자리까지 대신해서 아이들을 뒷바라지해야할 여자가 안타까웠다. 가냘픈 어깨 위에 놓인 짐을 조금이라도 내려놓을 수 있도록 도와주고 싶었다. 하지만 공인중개사인 내가 도와줄 수 있는 일이라고는 기껏해야 그녀가받을 수 있는 각종 복지제도를 알려주는 것뿐이었다. 그렇게 우리는 느슨하게, 그러나 끊이지 않게 연락해 왔다.

그러던 와중에 우연히 길에서 그녀를 마주쳤다. 1년만이었다. 당시의 그늘은 사라지고 여자는 다시 생기를 되찾은 듯이 보였다. 나는 그녀에게 얼굴이 많이 좋아졌다, 예뻐졌다고 말했다. 여자는 요구르트 배달을 시작하고서 살도 빠지고 몸도 건강해진 것 같다며 밝게 웃었다.

"요구르트 배달 일이 너무 좋은 것 같아요."

여자는 아직 아이들이 어리다 보니 고정된 직장을 잡을수가 없었다. 아이들을 맡길 곳도 여의치 않다고 했다. 나는 일이 힘들지는 않느냐고 물었고, 그녀는 세상에 힘들지않은 일이 어디 있겠냐며 싹싹하게 웃었다. 그녀의 어깨위에 있던 무거운 짐이 덜어졌는지는 모르겠지만, 한 가지확실한 건 그녀가 그 짐으로 인해 주저앉지는 않았다는 사실이다. 나는 안도했다.

사람은 다 이렇게 살아간다. 세상이 끝날 것만 같은 슬픔과 부딪혀도 시간이 지나면 어느새 잊힌다. 기억력이 너무 좋아서 한 번 먹었던 마음, 경황없이 닥친 슬픔, 되새기고 싶지 않은 아픔 등등을 고스란히 기억해야 한다면 그것도 참 끔찍한 일이다. 잊을 건 미련 없이 잊어버리고 살아야 한다.

남편이 세 아이를 남겨둔 채 황망히 떠나자 세상이 끝난 것 같은 표정을 짓던 그녀였다. 그러나 계절이 한 바퀴 돌고 다시 새봄이 찾아왔을 때, 그녀는 요구르트 배달일이 너무 좋다며 밝게 웃었다.

어쩌면 누군가를 과하게 동정할 필요도, 안타깝게 여길 이유도 없다. 속이 단단한 사람들은 어떤 어려움 속에서도 긍정성을 잃지 않은 채 어두운 터널 속을 빠져나온다. 같은 삶이라면 이왕이면 긍정적으로 사는 게 현명한 방법이다. 나는 천천히 멀어져 가는 그녀의 뒷모습을 바라보았다. 요구르트 배달 일처럼 이 세상 모든 시련과 난관을 즐기며 살아갈 수 있기를.

선한 사람들이 만들어 가는 선한 영향력

화창한 주말에 해바라기 꽃 같은 모녀가 중개사무소를 찾았다. 그녀들은 서로 눈이 마주치면 웃었고, 고개를 돌려 나를 바라볼 때도 웃었다. 어디선가 생일파티라도 치르고 온 사람들처럼 모녀는 유쾌하게 한들거렸다.

그녀들은 수년 전에 내가 월세계약을 중개했던 고객들이다. 그 집에서 여태 살던 모녀는 임대인이 거주하겠다고 하자 이사 갈 집을 찾고 있었다. 이제는 집을 구매해 안착하고 싶다고 했고, 나는 담보대출이 가능한지 확인해 주었다. 마침 바로 볼 수 있는 집이 있어 보여주었더니, 모녀는 다른 집을 더 살펴볼 필요 없이 바로 계약하겠다고 말했다.

공인중개사들 사이에서 "산 좋고 물 좋은 집은 없다"는 말이 있다. 입지와 수리 상태가 좋으면서 가격까지 착한 집은 드물다는 말이다. 그렇기에 구매의사가 있는 사람들은 주로 물건의 흠결이나 부정적인 면을 먼저 찾는다. 아무리 좋아 보이는 집일지언정, 찾으려고 들면 단점은 나타나기 마련이다.

그런데 이 모녀는 딱 한 집을 보고서 마치 운명의 베르사유궁전을 발견하기라도 한 듯 모든 것이 좋다고만 했다. 입지가 뛰어난 것도 아니고, 수리 상태가 특별히 좋은 것도 아니었다. 그런데도 집이 너무 좋다는 말만 되뇌니, 오히려 중개사인 내가 당황스러울 지경이었다.

당연한 말이지만 공인중개사는 중개보수를 받기 위해 매물을 알선한다. 그러나 중개보수를 위해서만 움직이는 건 아니다. 단언컨대 사람들에게 좋은 집을 소개해 주겠다는 사명감 없이는 중개사 생활을 오랫동안 하기는 힘들다. 나는 모녀를 진정시킨 뒤 조금만 더 생각해 보고 그래도 괜찮다 싶으면 다시 오라며 돌려보냈다.

이틀 후 모녀의 전화를 받았다. 여전히 계약을 하고 싶다고 말했고, 나는 매도인에게 계약의사를 전달했다. 그런데 매도인이 잠시 머뭇거리더니 혹시 며칠 전 방문한 그 모녀냐고 물었다. 그렇다고 답하니 매도인은 고민하는 듯하더니 갑자기 50만 원을 깎아주겠다고 말했다.

지어진 지 20년이 넘은 구축이라 매매가가 저렴한 매물이었다. 급매가인지라 매도인은 물건을 내놓을 때부터 '가격 조정은 불가능하다'는 의사를 명확히 밝혔다. 그렇기에 나는 미처 집값을 깎을 생각을 하지 못했다. 그런데 막상 계약을 하겠다고 하자 집을 보며 환하게 웃던 모녀의 모습이 떠올라 마음이 흔들렸나 보다.

자고 나면 집값이 올라 변심한 매도인이 계약해제를 요구한다는 기사가 심심찮게 보이던 시기였다. 그렇기에 매수인이 요구하지 않아도 50만 원을 더 깎아주겠다는 매도인의 자발적인 제안은 신기했다. 착한 잔금의 징후는 여기서부터 시작됐다.

계약 당일이 되었고 매수인 모녀와 매도인이 한자리에 모였다. 모녀는 계약하는 내내 표정이 밝았다. 비록 '영혼까지 끌어모아' 장만하는 집이지만, 내 명의로 된 내 집을 마련한다는 건 분명 흥분되는 경험일 것이다.

중개를 하는 자리는 언제나 팽팽한 긴장감이 유지된다.

중개사는 양자가 모두 모인 자리에서 매도인이나 매수인 어느 누구에게도 감정이 치우쳐졌다는 티를 내서는 안 된다. 매도인에게는 '그만하면 좋은 가격에 매물을 넘긴다'는 기분이 들도록 하고, 매수인에게는 '좋은 집을 잘 골라 산다'는 기분이 들도록 해야 한다. 파는 사람도, 사는 사람도 억울하거나 손해 본다는 느낌 없이 좋은 감정으로 만나고 헤어지게 하는 것, 중개사의 무수한 역할 중 하나다.

그런데 매수인 모녀 중 엄마의 태도는 내가 '중립의 자세'를 지키기 어렵게 만들었다. 그녀는 좋은 집을 팔아줘서 감사하다고, 틈만 나면 매도인에게 고개를 수그렸다. 그리고 50만 원이나 깎아줘서 고맙다고, 집에 어떤 문제가 있어도 알아서 고치면서 살겠다는 말을 수차례나 반복했다. 그런 매수인의 태도가 나만 민망했던 건 아니었나보다. 헛기침을 하며 매도인의 표정을 살피니, 매도인 역시 고개를 숙인 채 미동도 없었다.

한 달 후 매매 잔금일이 다가왔다. 출근도 안 한 시간인데 매수인에게 전화가 왔다. 나는 그녀에게 왜 벌써 오셨냐고, 매도인이 며칠 전부터 조금씩 짐을 뺀 것 같으니 가서 먼저 둘러보겠냐 했다. 그녀는 단칼에 거절했다. 나는 그러면 매도인에게 전화로 양해를 구할 테니 추운데 밖에서 기다리지 말고 가서 청소라도 하고 있는 게 어떻겠냐고 물었다. 그러자 그녀가 답했다.

"잔금도 치르기 전에 집을 둘러보고 청소하니 어쩌니 번거롭게 하는 건 예의가 아니잖아요. 그냥 여기서 기다리고 있을게요."

잔금을 치르기 며칠 전부터 짐을 몇 시에 빼느냐, 청소하고 입주해야 하니 짐을 빨리 빼달라고 재촉하고 성화인 사람들이 의외로 많다. 잔금을 치르는 일과 입주는 동시에 이루어져야 하지만, 나한테 편하고 유리한 상황을 요구하는 경우가 대부분이다. 반면 중개사가 먼저 집을 둘러보고 청소해도 된다고 말해도 예의가 아니라고 거절하는 사람은 없다. 이 모녀는 시종일관 참 독특했다.

서둘러 출근하니 매수인 모녀가 소풍이라도 나온 듯 만면에 웃음 띤 얼굴로 커피를 마시고 있었다. 나는 살고 있는 집도 아직 짐이 덜 빠졌을 텐데, 미리 청소도 안 할 거면서 왜 이리 일찍 와 있는 거냐고 물었다. 그녀들은 내 집이 생긴다는 기쁨에 밤새 잠을 설쳤고, 일찍 와서 먼발치에서 집을 쳐다보고 있었다고 했다.

매도인도 역시 약속시간보다 일찍 도착했다. 매도인은

미리 청소라도 하시라고 연락드릴까 하다 실례인 것 같아 연락을 못 했다고 말했다. 대신 본인이 아침 일찍부터 깨끗이 청소해 놓았으니 짐만 넣으면 된다고 말했다. 그들은 서로 자신이 더 고맙다며 '감사 배틀'을 벌였다.

잔금을 정산하면서 매도인한테 도시가스 요금 정산내역서를 요구하니, 매수인이 손사래를 쳤다.

"아뇨! 도시가스 요금은 그냥 놔두세요!"

"네?"

"50만 원이나 깎아주셨으니 너무 고마워서 저희가 뭐라도 내고 싶어서요. 그러니 공과금은 놔두세요. 제가 낼게요."

이 매수인은 나의 중개역사를 새로 쓰고 있다. 아무리 급매로 사도 싸게 샀다고 만족해하는 사람은 없다. 또한 저렴하게 구매했다고 잔금 때 하자를 묵과하거나 공과금을 대신 내주겠다는 사람도 없다. 매도인 역시 의외였는지 매수인을 한번 쳐다보더니 말없이 핸드폰을 만지작거렸다. 굳은 표정이어서 뭔가 못마땅하나 생각했더니 몇 초 후 "납부했습니다"라고 말했다. 매도인은 자꾸 베풀고 싶어 하는 매수인의 태도에 생각이 많아진 모양이지만, 그 호의를 감사히 거절하고자 본인이 말없이 처리한 것이다.

정산을 끝내고 매도인과 함께 집을 보러 갔다. 돌아온 매수인의 얼굴은 집을 보기 전보다 훨씬 더 밝아져 있었다.

"집을 깨끗이 써주셔서 감사해요. 짐을 빼고 보니까 기분이 더 좋아졌어요."

아무리 깨끗한 집도 짐을 빼고 나면 엉성해 보이기 마련이다. 수리해야 할 흠집이 눈에 더 잘 띄기 때문이다. 공인중개사로 살면서 짐을 빼고 나니 집이 더 좋더라고 말하는 사람은 별로 보지 못했다.

잔금을 치르는 날이면 열이면 열, 집을 매의 눈으로 훑어보고 냉정하게 수리 및 변상을 요구한다. 화장실 들어갈 때랑 나올 때가 다르다는 그 평범한 진리는 중개현장에도 적용된다. 연식이 오래된 아파트일수록 잔금 치르는 날 분쟁이 많아 중개사들은 긴장하기 마련이다. 그런데 매도인의 자발적인 '50만 원 감액'은 모든 통상적 현상을 물거품처럼 날려버렸다.

나는 마치 달나라 사람 같은 매수인의 모습을 보고는 매도인에게 말했다.

"집을 사면서 이렇게 기뻐하고 긍정적인 매수인은 처음 보네요. 이렇게나 좋아하시는 분한테 집을 파신 매도인 분도 분명 복 받으실 거예요."

매도인은 고개를 끄덕끄덕하면서 답했다.

　"그럼요. 잘 알아요. 그래서 가전제품 일부도 두고 가는 걸요. 집도 깨끗이 청소해 놓은 것이고요."

　가는 말이 고와야 오는 말도 곱다는, 지극히 평범한 속담이 생각나는 광경이었다. 오가는 배려가 만드는 흔치 않은 장면, 아마 나는 오랫동안 이들을 잊을 수 없을 것이다.

　업무가 끝나고 매도인이 나가자 매수인은 문밖에까지 따라 나가 인사하더니 다시 들어왔다. 나는 매수인에게 어서 가서 이삿짐을 옮기라고 했다. 그러자 그녀는 좋은 집 구해줘서 너무 고마우니 식사 대접을 하고 싶다고 말했다. 나는 이사 날에는 안주인이 가구 배치 등으로 할 일이 많을 테니 밥은 먹은 걸로 하겠다고 말했다.

　며칠 후, 사무소 근처에 있는 식당에서 식사를 하고 계산하려는데 식당 아주머니가 말했다.

　"돈 안 내도 돼요. 화요일 날 이사 온 집 있죠? 거기 잘 웃는 아주머니. 그 사람이 와서 여기 부동산 대표님 자주 와서 식사하시냐고 묻더니 10만 원을 맡겨놓고 갔어요. 식사할 때마다 공제하래요."

　공인중개사로 살면서 각양각색의 사람들을 만나지만,

아직도 사람들을 잘 모르겠다. 사람의 성격이나 품성은 유형화할 수 없는 것 같다. 모녀는 내가 만나본 사람 중에서 가장 부럽고 본받고 싶은 사람이다. 그런 긍정적인 품성과 여유를 가진 사람들을 또 만날 수 있을까?

나는 나보다 돈 잘 버는 사람, 눈만 뜨면 천정부지로 가격이 오르는 집을 가진 사람이 너무 부러워 잠을 설친 적이 있다. 그러다가 오래된 집 한 채에도 만족하며 감사해하는 모녀를 만나고 절로 고개가 숙여졌다. 부자는 부럽기는 하지만, 고개가 숙여지지는 않는데 말이다.

이런 분들이 이사를 하는 날엔 "꼭 부자 되게 해주세요!"라고 기도처럼 중얼거리게 된다. 물론 이런 자발적 헌사조차 그분들께는 실례가 될 수 있다. 루소의 말마따나 욕망이 적을수록 인생이 행복한 거라면 말이다.

천국과 지옥은 각자의 마음속에 있다고 한다. 기대가 끝없이 높아 평생을 가도 만족하지 못하면 얼마나 불행할 것인가. 반면 작은 것에도 감사할 줄 안다면 인생이 얼마나 기쁨으로 벅차오를까?

당신의 집값이 오르길 바라며

"우리 집을 계약한다고? 가만 있어 봐, 시세가 얼마인지 알아볼 때까지 하지 마."

이른 시간부터 걸려온 전화 한 통. 또 봉천동 국밥 할머니다.

계약하기로 협의해 놓고 또 다시 시세를 알아본다는 할머니에게 나는 어디다 시세를 알아볼 건지 물었다. 그러자 할머니가 하는 대답.

"거기 아파트 단지 슈퍼 옆에 있는 양정아부동산에 전화해서 물어볼 거야."

할머니의 말은 다름 아닌 나에게 전화해서 시세를 알아

보겠다는 뜻이다.

"저예요, 제가 바로 그 양정아예요. 그러니까 계약해도 되죠?"

"어? 그래? 잘 지냈어? 내가 그 양정아랑 10년도 넘게 거래했어."

입가에 슬며시 미소가 지어졌다. 그러니까 이번에도 제가 할머니랑 계약하는 거라고, 아드님이랑 계약하면 되는 건지를 물었다. 그러자 할머니가 다시 대답했다.

"기다리라니깐! 내가 슈퍼 옆에 있는 양정아부동산에 전화해 보고 알려준다니깐!"

며칠째 같은 내용으로 통화를 반복하고 있다. 명의자인 아들과 시간도 맞추고 계약조건을 완비했으니, 모른 척 할머니의 전화를 받지 않아도 된다. 하지만 나는 그럴 수가 없었다.

서울 봉천동 어느 뒷골목에서 국밥집을 하신다는 이 할머니가 왜 경기도 외곽까지 와서 집을 사두었는지는 모른다. 할머니는 내가 중개업을 시작하던 때에 이미 소유권을 가지고 있었고 2년마다 집을 전세로 내놓았다.

오래전, 할머니와 처음 거래할 때 이분은 막 예순에 접어드셨다. 하지만 고생을 많이 하셔서일까? 할머니의 외모는 일흔을 훌쩍 넘긴 듯 보였다. 할아버지 역시 연세에 비해 많이 연로해 보였다. 한눈에도 편히 살아오신 분들은 아니었다. 집은 경기도 외곽의 20평대 아파트. 명의자는 지적장애가 있는 아들이었다.

어느 해였던가. 할머니의 집에 살고 있던 세입자가 급한 사정으로 잔금을 치르기 전날 미리 이사를 나간 적이 있다. 다음 날, 이른 아침부터 새로운 임차인이 내게 숨넘어가는 소리로 전화를 했다.

"중개사님! 집에 누가 자고 있어요!"

깜짝 놀라 뛰어가 보니 할머니와 아들이 각기 방 하나씩을 차지하고 코까지 골며 자고 있다. 세입자가 미리 이사 나간다는 이야기를 듣고 현관 비밀번호를 받아서, 이불이며 먹을 거며 한 보따리를 싸들고 와 하룻밤을 빈집에서 투숙한 것이다.

"아니 왜 여기서 주무세요. 임산부 간 떨어지게……."

할머니를 흔들어 깨웠더니, 그녀는 눈을 비비며 일어나 말했다.

"내 집인데 왜 내가 못 자? 지금 안 자 보면 언제 내 집에서 자 봐!"

대책 없이 당당하다. 내 집이라고 사놓고 한 번도 살아 보지 못한 채 세월만 지난 게 억울한 것이었다. 그래서 임차인이 하루 전날 미리 나가는 이 기회를 놓칠세라, 보따리를 챙겨 와서 하룻밤을 '내 집'에서 묵은 것이다.

할머니와 아들에게 짐을 챙기게 해서 중개사무소로 끌고 왔더니, 오자마자 한쪽 탁자에 보따리를 푼다. 삶은 계란과 옥수수를 꺼내 아침식사를 하는 모자. 흡사 야외로 소풍 나온 모양새다.

"아니, 남의 사무소에서 맛있는 것 드시면서 먹어보라는 소리도 안 하시나요?"

짐짓 웃음을 참고 물었더니 "줄 게 없어, 우리 먹을 것밖에 못 싸 왔어"라고 하신다.

잔금을 치르고 탁자 위의 사탕을 한 움큼씩 집어 주머니에 쑤셔 넣고 돌아가려 하기에, 중개보수는 안 주시느냐 물었다. 눈이 커지는 할머니. 또 미처 생각을 못 하신 모양이다. 주머니를 뒤적거리다 내 눈치를 한 번 보더니 아들의 옆구리를 쿡쿡 찌르신다.

"너 가진 거 다 내놔 봐."

아들이 꼬깃꼬깃 접혀진 천 원짜리 다발을 탁자 위에 내놓으며 말했다.

"어제 옥수수 샀더니 이것밖에 안 남았어."

"집에 갈 버스비는?"

그러자 아들이 한숨을 쉬며 대답했다.

"없지…… 다 내놓으라며."

결국 나는 돈을 돌려드리며 말했다.

"이걸로 버스 타고 가서 중개보수 꼭 보내주세요! 아이스크림도 하나씩 사드시고……. 그리고 앞으로는 중개보수 줄 돈으로 옥수수 사드시면 안 돼요!"

축 처졌던 모자는 언제 그랬냐는 듯, 사이좋게 사탕을 한 알씩 까서 오물거리며 길을 떠났다.

그냥 어딘가에 내 집이 있다는 것만으로도 마음이 부자가 된 사람들. 그래서 남편이 이젠 안 아픈 데도 없고 장사도 힘드니 팔자고 해도 죽어도 못 판다고 우기는 바로 그 집. 집이 '로또'가 되기를 기다린 20년 동안 남은 건 손님처럼 찾아온 치매 증세뿐이다.

누군가는 공인중개사들이 집값을 올려 부동산 경기를 불안하게 한다고 말한다. 하지만 20년 가까이 중개업을 하면서 나 때문에 집값이 올라간다는 생각은 언감생심 해본 적이 없다. 정부가 수십 차례의 강력한 대책으로도 못

잡는 집값을, 힘없는 공인중개사가 마음대로 올리고 내리고 할 수 있으리라는 발상 자체가 비현실적이다.

그러나 대출금을 '영끌' 해서 집을 사고 은행이자에 등골이 빠지는 서민들을 위해, 제발 투자한 비용만큼만 집값이 올라주기를 바란 날은 많다. 내 고객들이 쏟은 땀과 한숨만큼 집값이 오르기를 바랐던 것만으로도 집값 상승에 일조했다고 책임을 묻는다면…… 그 값은 달게 받겠다.

가끔 시세보다 높은 가격에 팔아달라고, 그러면 중개보수를 더 챙겨주겠다는 고객을 만나면 쓴웃음만 나온다. 중개보수를 더 받고자 집값을 올려 팔 수 있으려면 얼마나 경기가 좋아야 할까. 더구나 고객들에게 모든 정보가 공개되고 있는 상황에서 그런 꼼수는 먹히지도 않는다.

가끔 집을 사러 와서 "집값이 앞으로 얼마나 오를 수 있을까요?"라고 묻는 고객도 있다. 그러면 나는 일관되게 답한다.

"집값이 언제 오를지, 얼마나 오를지는 아무도 모릅니다. 한 가지 분명하게 말씀드릴 수 있는 건 모든 거래에는 수요와 공급의 원칙이 작용한다는 사실입니다. 공급량보다 수요자가 많으면 그때 오르겠죠?"

수요자에 비해 공급량이 부족한 서울 등 주요 도시의 집값은 흡사 도깨비방망이처럼 비현실적으로 오른다. 반면에 공급이 딱히 넘치지 않아도 수요가 없는 지방 경기는 매캐한 공기처럼 연년세세 가라앉아 있다.

왜 국밥 할머니는 평생 서울 복판의 국밥 골목을 못 떠나시면서, 두세 번씩 버스를 갈아타야 하는 외진 경기도 구석에 작은 아파트를 사놓으셨을까……. 만성습진으로 감각이 없어진 두 손을 바지런히 움직여 국밥 말아 팔아도 노후를 보장받을 수 없으니 보험이라도 드는 심정이었을 거다. 그 보험이 노부부 사후에 혼자 남겨두기 애달픈 아들에게 든든한 유산이 돼주기를 바랐을 것이다.

할머니가 부푼 꿈을 안고 사둔 집은 정작 내 집이 아니었다. '갭 투자'라는 신조어가 만들어지기 전부터 갭 투자 아닌 갭 투자자였던 셈인데, 할머니는 세입자가 바뀔 때마다 아련한 눈으로 집 여기저기를 훑어보았다.

이유 없이 든든했을 것이다. 아마 월세 내기도 버거운 국밥집을 때려치워도, 김칫국에 밥 말아먹을 수 있었으면 진즉에 들어와 살았을 텐데……. 집을 사서 세를 놓는다고 다 같은 투자자가 아니다. 세입자 보증금 내주고 들어올 여력이 안 되니 무늬만 집주인이고 평생 닭 쫓던 개 지붕만 쳐다보는 격이다.

인생역전은 왜 갈수록 고사성어처럼 느껴지는 것일까? 돈이 돈을 번다는 말은 왜 빗나가는 법이 없을까? 해마다 휘어지고 쇠해져 가는 할머니처럼, 한때는 그런대로 북적북적하던 국밥집도 이젠 개점휴업 상태란다. 이럴 때 고단한 몸 누이고 난 어느 아침, 무거운 눈꺼풀 사이로 그놈의 집값이라도 훌쩍 올라줘야지. 그래야 좀 덜 불공평하다고 생각하며 지친 눈을 감지 않을까…….

"내가 그 슈퍼 옆 양정아 중개사랑 10년도 넘게 거래했어."

나는 오랫동안 할머니의 이 말씀을 잊지 못했다. 그녀가 믿고 기억하는 유일한 공인중개사가 바로 나다. 그래서 기억이 가물가물 해지는 와중에도 나를 정확히 기억하고 있는 것이다. 안 먹고 안 입고 살뜰히 모은 돈으로 사둔 그녀의 소중한 집과 함께 나도 그녀의 기억 속에 명료히 살아 있는 것이다.

국밥할머니 때문에 집값이 올라도 슬프고 내려도 슬프다. 할머니의 집값이 오를 정도면 이 세상 모든 집값과 물가가 오른 상태일 것이다. 아마도 그때쯤이면 상대적 박탈감과 경제적 소외감의 간극은 좁혀지기 힘든 상태겠지. 그렇다고 해도 다른 곳보다 늦게 오르고, 조금 오르고, 빨리 하락하는 이 집이 급락이라도 하면 그나마 품었던 할머니의 꿈과 인생도 갈 곳을 잃을 것이다.

나는 그 거대한 파도 위를 속절없이 떠다니는 한낱 공인중개사일 뿐이지만, 그들의 조급한 삶과 불안한 변화를 편히 쓰다듬고 싶다. 그들을 계층화된 부의 꼭대기에 올라서게 하는 역할이 아니라, 오르거나 내려가지 않아도 모두가 적당히 행복하고 만족하는, 위태롭지 않고 공평한 세상을 함께 기약하고 싶다.

그렇게 할 수 있을 것이다. 아니, 그렇게 되었으면 좋겠다. 나는 좋은 마음으로 좋은 세상을 꿈꾸는 공인중개사이니까.

일하는사람 #013

집 보러 가실까요?

초판 1쇄 발행 2023년 5월 19일
초판 2쇄 발행 2024년 6월 26일

지은이 | 양정아
발행인 | 강봉자, 김은경

펴낸곳 | (주)문학수첩
주소 | 경기도 파주시 회동길 503-1(문발동 633-4) 출판문화단지
전화 | 031-955-9088(마케팅부), 9530(편집부)
팩스 | 031-955-9066
등록 | 1991년 11월 27일 제16-482호

홈페이지 | www.moonhak.co.kr
블로그 | blog.naver.com/moonhak91
이메일 | moonhak@moonhak.co.kr

ISBN 979-11-92776-59-0 03810